劇場版　TOKYO MER
走る緊急救命室

脚本／黒岩 勉
ノベライズ／百瀬しのぶ

宝島社
文庫

劇場版　TOKYO MER
走る緊急救命室

本書は「劇場版　TOKYO MER　走る緊急救命室」のシナリオをもとに小説化したものです。小説化にあたり、内容には若干の変更と創作を加えています。ご了承ください。

この物語はフィクションです。作中に同一の名称があった場合でも、実在する人物、団体等とは一切関係ありません。

夕暮れの薄青い空がだんだんと夜の色に変わってくる頃――。

東京羽田空港周辺に、けたたましいサイレンの音が響いていた。

本来は飛行機が離着陸するための滑走路に、消防車、救急車、パトカーなどの緊急車両が次々と集まってくる。赤色灯がまわり、あちこちで事故現場独特の無線ノイズの音が聞こえる。なんとももののしい雰囲気だ。

緊急車両が取り囲んでいるのは、緊急着陸したジェット機――。

『十七時五十六分スカイワールド航空231便が都内上空で機体異常発生。十八時二十三分8番滑走路に緊急着陸。車輪の破損により、機体は滑走路を外れ建屋に衝突。現在損傷箇所確認中。乗客乗員数は六百十八名、乱気流に巻き込まれた時の衝撃で、機内には多くの負傷者がいる模様。その数は不明』

無線が状況を告げた。機体は滑走路を外れ、建物にぶつかっていた。ぶつかった翼から燃料が漏れ落ち、地面に不気味な染みが広がっている。

『左翼より燃料漏れ確認。爆発の可能性があるため搬送用の緊急車両以外は安全距離を確保』

機長やCAの指示に従い、乗客が脱出用シューターを降りてくる。すでに負傷している乗客が多く、地面に広げられたブルーシートの上に、多くの傷病者が横たわっていた。サイレン、無線、怒声、悲鳴などで混乱する中、ようやくタラップ車が飛行機に横付けされた。

あたりは次第に暗くなり、緊迫感が増してくる。

現場に駆け付けた東京消防庁・即応対処部隊隊長の千住幹夫《せんじゅみきお》は、炎上する機体を見上げた。

「左後部非常口から進入する！」

千住隊の部下たちが一斉に「了解！」と応答する。

「航空機燃料が激しく流出！」

「機体爆発の可能性が極めて高い。機内252（要救助者）の救助を速やかに行うぞ」

いざ、部下たちとタラップを登ろうとすると、白いユニフォームに赤いリュックを背負った男が猛スピードで走ってきた。

「道を開けろ！　そいつを一番に通せ！」

千住は部下たちに声をかけ、脇によけた。男は千住たちの脇をすり抜け、タラップを駆け上がっていく。

「誰です？　自分たちより先にいくなんて」

新入り隊員の戸越慎之介《とごししんのすけ》が、千住に尋ねた。

「医者だ」

千住の答えに、戸越は首をひねった。今ひとつ納得していないようだ。無理もない。千住も最初の頃はそうだった。あの男の存在など、認めてはいなかった。だが今は違う。新入りの戸越以外の部下たちも千住同様、そのあたりの事情はよくわかっている。隊員のひとり、根津《ねづ》はあの男に命を救ってもらったこともある。千住も同様だ。

「行くぞ」

男を通した後、千住は部下たちに声をかけ、タラップを上った。


機内には煙が充満していた。乗務員たちが懐中電灯を手に必死に乗客を先導しているが、視界がきかない。動ける客は自力で出口に向かっているが、怪我をして動けなくなっている乗客がまだ何人か残っていた。

「真緒《まお》、真緒、誰か助けてください！　娘が苦しそうなんです！」

機内の最後部で座り込んでいる母親が、膝の上でぐったりしている娘の手を握り、必死で叫んでいた。だが、誰もが自分のことで精いっぱいだ。

「真緒！　真緒ちゃん！　しっかりして、真緒ちゃん！」

母親の呼びかけも虚しく、真緒の意識は遠のいていった。そのとき、大きく頼もしい手が、真緒の首に触れた。

「こんにちは、聞こえるかな？」と真緒に声がけしながら母親の方を見る。

「医師の喜多見《きたみ》といいます。お母さん、お子さん、いつからこの状態に？」

TOKYO MERのチーフドクター、喜多見幸太《こうた》だ。先ほど一番にタラップを駆け上がり、機内に飛び込んできた。

「さっきまで苦しそうにしてたのに、急にぐったりして」

母親の話を聞きながら、

「ちょっとお預かりしますね。真緒ちゃん、真緒ちゃんわかるかな？」

喜多見は携帯エコーを出し「真緒ちゃん、ちょっと冷たいよー」と声をかけ、胸にあてた。そして、スマホの画面で確認した。

「お胸の中に空気が溜まっています。すぐに抜かないと危険ですのでここから管を入れて空気を抜きます、いいですか」

喜多見は母親に説明した。

「真緒ちゃん、ちょっと痛いけど頑張ろうね。はい、ちょっとチクッとします」

と言いながら麻酔を注射する。

「よーし、頑張った、すごいね。お母さん、真緒ちゃん頑張ってますからね。お母さんも一緒に頑張りますよ。今、楽になるからね」

娘のみならず母親にも絶えず声をかけ続けながら、寸分も躊躇《ちゅうちょ》なく的確に処置を続ける。真緒の右の脇の下から胸腔《きょうくう》ドレーンを挿入し、胸から溜まった空気を抜くと呼吸音が安定したのを確認し、喜多見は、意識のない真緒に声をかけた。

「よーし、頑張ったね。お母さん、真緒ちゃん安定しました。もう大丈夫ですよ」

泣きながら見守っていた母親に告げると、「ありがとうございました」とホッと安《あん》堵《ど》の表情になり、真緒の手を握りしめた。喜多見は手早く真緒の傷口を塞いだ。

「喜多見チーフ！　トリアージ、こっちのエリアやります！」

MERのメンバーであり、医師の弦巻比奈《つるまきひな》が入ってきた。看護師の蔵前夏梅《くらまえなつめ》も一緒だ。夏梅は喜多見にトリアージタグの束を投げた。

「了解！　時間がないので、処置赤タグだけで！」

喜多見は受け取りながら、比奈たちに指示を出した。

トリアージとは災害発生時などに多数の傷病者が発生した場合に、傷病の緊急度や重症度に応じて治療優先度を決めること。トリアージタグはトリアージを実施する際に用いる識別表で、取り付けられたゴム紐《ひも》で傷病者の体に結ぶ。

四色の区分があり、赤色は生命の危機的な状況にあり、四色の中でも最も迅速な処置が必要な状態。黄色は優先度合いは二番目だが、待機はできる状態。緑色は比較的軽症で、外来処置が可能なので優先度合いは三番目。黒色は息をしていない、助けられない状態で、優先順位は四番目だ。

「了解」

比奈と夏梅は傷病者を診てまわり、素早くトリアージタグをつけていく。

「皆さん、ＭＥＲの喜多見といいます！　もう安心ですよ！」

真緒の処置を終えた喜多見は立ち上がり、大声で言った。

「ＭＥＲだ」

「ＭＥＲが来てくれた！」

乗客たちの間に、希望の声が上がった。

ＴＯＫＹＯ ＭＥＲは二年前に都知事の赤塚梓《あかつかあずさ》が発案した、事故や災害現場に駆けつけ、救命治療を行うプロフェッショナルチームだ。オペ室を搭載した〝走る緊急治療室〟ＥＲカーを主軸に医療行為を行う。
発足当初のメンバーはチーフドクターの喜多見と研修医だった比奈、看護師の夏梅とベトナム出身のホアン・ラン・ミン。麻酔科医の冬木治朗《ふゆきじろう》。臨床工学技士の徳丸元一《とくまるもといち》。そして厚生労働省医系技官の音羽尚《おとわなお》という七人だった。

MER専従は喜多見のみ。ほかのメンバーは、緊急時以外は東京海浜《かいひん》病院で勤務している。

正式運用となるまでは、赤塚の政敵である厚生労働大臣・白金眞理子《しろかねまりこ》をはじめとした政治家たちの権力争いに利用され、解体しようという動きがあった。

命の危険を伴う現場にも飛び込んでいく喜多見の姿勢が問われ、各関係機関との衝突も多かった。千住が喜多見に反発していたのもそのためだ。だが何度もともに窮地を切り抜けたことで信頼関係を強めていき、今は互いに認め合っている。

正式運用までにさまざまな壁が立ちはだかり、解体が決定されたTOKYO MERだったが、どんなときも目の前の命を最優先する姿勢がついに認められ、喜多見は再びチーフドクターに任命された。

赤塚から課されているこのチームの使命は「死者を一人も出さないこと」。高いハードルだが、今では都民たちにその存在が広まり、MERが駆けつけたことで、機内にも安堵の声が上がった。乗客たちの視線が、喜多見に集まる。

「妻が怪我をしているんです！」

「足が折れていて動けません」

乗客たちは口々に喜多見に訴えた。

「順番に診ます！」

「意識のない方がいたら教えてください！」

夏梅と比奈が声を上げた。そして喜多見と三人で手分けして、ひき続き傷病者の様子を尋ね、トリアージタグをつけていく。

そこに千住たちレスキュー隊がバックボードを手に入ってきた。

「千住さん！」

喜多見が見ると、千住は目を合わせ、力強く頷《うなず》いた。

「赤タグの重症の方から運びます！　人数が多いので動ける方は手伝ってください！」

千住は乗客に声をかけ、力を合わせて重傷者をバックボードに乗せた。喜多見たちは応急処置をし、レスキューに引き渡す。

「1、2、3！」

隊員たちが掛け声をかけて持ち上げ、搬送していく。

現場で二次災害を起こさないよう考え抜いて指揮をしている千住には、自ら危険を冒して現場に飛び込んでいく喜多見の考えが、当初は理解できなかった。救助作業を邪魔されていると感じていた。だが、何度も現場で顔を合わせるうちに、自分たちは被害者の救命という同じ目的で動いているのだと実感できた。部下や自分自身の命を救ってもらったこともあり、今では喜多見という男を完全に信頼している。

『危機管理対策室の駒場《こまば》だ』

東京都庁危機管理室の室長、駒場卓《すぐる》から無線が入った。駒場はかつてハイパーレスキュー隊で指揮をとっていた。救助中に怪我を負い車いす生活となったが、経験に基づく指示は冷静で的確だ。

『機体左後方ハッチ付近に、救急隊を集中させる。重症者はそちらへ回してくれ』

「MER了解」

「即応了解」

喜多見と千住はそれぞれ応答した。

危機管理室に、赤塚が入ってきた。赤塚はMERが出動する際はここへ来て、スタッフたちの最後方の指揮台にいる駒場の、さらに後ろに立つ。そして駒場とともに、災害現場が映し出されているモニターを見つめ、時にともに指揮をする。

「状況は？」

赤塚は駒場に尋ねた。

「MER先発隊三名と即応の千住隊、空港救助四名が機内に入りました」

「飛行機事故は初めてだけど……」

赤塚は心配そうにモニターを見つめたが、

「狭い空間での救命救助は何度も訓練しています」

駒場もまた、MERと千住隊に絶大な信頼を寄せている。


全員を搬送し終えた頃には、飛行機の丸みをおびた窓から見える外の景色は、夜の闇に包まれていた。

「誰かいませんか！」

喜多見は、機内に誰も残っていないか、声を張り上げた。座席の間にうずくまっていた傷病者も多かった。比奈、夏梅、千住隊とともに、注意深く見て回った。

「お客様はいませんか！」

最後まで機内に残って誘導を続けたCAの女性も声を上げ、機内をくまなく見て回った。機体最後部までチェックを終えた喜多見は、千住に向かって親指を立てた。千住も大きく頷く。

「よかった、お客様は全員外に出ました」

ずっと硬い表情だったCAも、安堵の表情を浮かべた。

「我々も出ましょう」

喜多見も笑みを浮かべて頷き、出口に向かって歩き出した。だが、緊張感から解放されたからだろうか、女性は突如その場に崩れ落ちた。

「大丈夫ですか？　わかりますか？　わかりますか？」

喜多見はすぐに反応し、名札を見て名前を確かめた。佐野美佐子《さのみさこ》とある。

「佐野さん？　佐野さんわかりますか？」

呼びかけたが、反応がない。比奈は携帯エコーを取り出し、佐野の腹部にあてた。

「腹腔内に大量出血」

夏梅はすぐにモニターをつけて数値を見た。

「血圧72の43。サチュレーション測れません」

「何している！　早く出るぞ！」

先を歩いていた千住が振り返った。

「千住さん、バックボードを！」

喜多見が呼びかけると、千住は佐野に気づき、隊員たちと引き返してきた。隊員たちは佐野を素早くバックボードに乗せ、運び出そうと歩き出した。

そのとき、爆発音がした。機体が大きく揺れ、喜多見たちもバランスを崩した。窓の外に、赤い炎が見えている。機内に再び緊張が走った。

『機体エンジン付近から出火』

無線から駒場の声が聞こえてきた。

『燃料へ引火する。急いで退避しろ』

駒場の指示で、機体から緊急車両が退避していくのが窓から見えた。

緊急車両が去った後の滑走路に、炎が燃え広がっていく。翼にあるエンジンからは燃料が漏れ続けていて、機内にも煙が充満し始めてきた。

「血圧58に低下」

モニターを見ていた夏梅が言った。

「駒場さん、腹部外傷による重症ショックの患者さん一名、すぐに緊急オペが必要です」

喜多見が無線で駒場に報告した。

『ERカーまでレスキュー隊の緊急車両で運べ』

駒場が言うが、

「それでは間に合いません」

喜多見は応えた。

千住隊は佐野をバックボードに乗せ、出口に向かった。比奈と夏梅も一緒に走る。喜多見も走りながら、無線マイクに向かって、徳丸に指示を出した。

ERカーを運転していた徳丸は、安全距離で待機していた。オペが必要な人が待っている。

いついかなる時も万全な状態で駆け付けられるよう、ERカーの整備には余念がない。

『徳丸くん。T01を左後方ハッチ下につけて受け入れ準備をお願いします』

喜多見から無線で指示が入った。

「T01了解、左後方ハッチ下まで一分でつけます」

徳丸はアクセルを踏み込み、炎を上げる飛行機に向かって走り出した。

「危険だ、戻れ!」

モニターを見ていた駒場は叫んだ。だが後ろから赤塚がマイクを手でふさいだ。駒場は赤塚を見上げた。

「……行かなければ必ず一つの命が失われる。そうですよね」

真剣な瞳で問いかけられ、駒場は言葉を呑《の》み込むしかない。


バックボードを運び、搭乗口に出た。

「脱出用のシューターで降りるぞ！」

先頭を行く千住が声をかける。

「患者さん全身固定してください」

比奈が声をかけ、喜多見や夏梅、そしてレスキュー隊員たちは協力し、降りる準備を進めた。

「冬木先生、全麻で気管挿管、ミンさん、大量輸血プロトコル、潮見《しおみ》先生、Aライン入れる準備しておいてください」

喜多見は佐野の体を固定しながら、ERカーの冬木たちに無線で呼びかけた。潮見智弘《ともひろ》はMERに新たに加わった研修医だ。

『了解』

冬木とミンから、すぐに返事が戻ってきた。

喜多見たちが戻ってきたらすぐにオペが始められるよう、冬木、ミン、そして潮見はそれぞれの持ち場で手早く準備を進めていた。

「近づいて大丈夫なんでしょうか⁉　爆発するんじゃ」

潮見は車体が揺れるたびにびくびくしている。

「揺れます、つかまって！」

運転席の徳丸の声が聞こえてきたかと思うと、車体が大きく揺れた。冬木とミンは冷静に準備を続けていたが、潮見は泣きそうな表情を浮かべていた。


徳丸がERカーを飛行機に横付けした。冬木とミンは後部ハッチから飛び出し、素早くストレッチャーを出した。最後に出てきた潮見は、充満している炎と煙に圧倒され、なかなか足が前に動かない。

「徳丸くん！　いつでも出せるようにスタンバイ！」

「了解！」

徳丸とのやりとりをしながら、冬木はミンとともに走りだす。全速力でストレッチャーを押していく冬木とミンに、潮見が「近づくのは危険です！」と叫ぶも、二人は脇目も振らずに飛行機に突っ込んでいく。潮見はその後ろ姿を呆然《ぼうぜん》と見送っていた。

喜多見たちは脱出用シューターで佐野を運び出した。そこに冬木とミンのストレッチャーが到着する。

「1、2、3」

レスキュー隊員たちと協力して佐野をバックボードからストレッチャーに移すと、千住が「すぐに退避！」と、声を上げた。そして隊員たちにレスキューの車両へ乗るよう指示をし、喜多見に向き直った。

「ここでオペをするのは自殺行為だぞ」

これまでも、ガスが充満する建物内など厳しい環境下でのオペを実行してきた喜多見だが、いつ燃料に炎が燃え移るかわからない滑走路でのオペはさすがに無謀だろう。

「ええ、T01で退避しながらオペを行います」

喜多見はあたりまえのことのように言った。

「退避しながらだと⁉」

驚く千住を尻目に喜多見はERカーへと走った。

ストレッチャーがオペ室に入っていく。喜多見は後部ハッチから乗り込み、無線を通して運転席に声をかけた。

「徳丸くん、オペをしながら退避します。ゆっくり慎重に」

喜多見の指示に従い、徳丸が慎重にアクセルを踏み込んだ。ＥＲカーが動き出したが、すぐに徳丸が喜多見に呼びかけた。

「破片が散乱してます。すべてよけるのは不可能です」

「可能な限りでかまいません」と、喜多見は言った。

＊

「Ｔ０１オープン」

手早く準備を整えた喜多見と夏梅がオペ室に入る。

「血圧80の46」

「セルセーバーとＳＬ１の準備できてます」

と、まず冬木とミンが喜多見に報告。間を置かず比奈も続く。

「開腹後のテンポラリーパッキングやります」

「トラウマインシージョンで開腹止血術を行います。メス」

喜多見が手を出すと同時に、夏梅からメスが渡された。ゆっくり動くERカーの中でオペが始まった。

『燃料タンク付近まで炎が迫っている』

駒場から無線が入った。飛行機の燃料タンクから燃料が漏れ出し、炎が近づいている。

『避難を急げ』

「血管処理が必要なオペです。慎重に進まなければ危険です」

喜多見が手を動かしながら言った。

『爆発に巻き込まれたら全員の命がなくなるんだぞ』

駒場の声を聞けば聞くほど、潮見は何も手につかなくなっている。

「夏梅さん、鞍状鈎《あんじょうこう》とガーゼください」

「はい、サテンスキーも出てます」

喜多見たちは冷静にオペを進めていた。

「潮見先生、吸引」

比奈が潮見に指示をした。

「え、あ……」

だが潮見は恐怖で体がすくんでしまい、すぐに動き出せない。

「フォローします。ミンちゃん吸引もう一本出して、青タオルもお願い」

「了解」

夏梅とミンが潮見の分をカバーする。

「比奈先生、パッキング」

喜多見が比奈に指示を出した。

「はい」

「血圧上が80で変化なし」

冬木がモニターを読む。

『急げ！　危険な状態だ！』

そのとき車体が揺れ、喜多見と比奈はすぐに手を止めた。

「こんな状態でオペなんて無理です！」

潮見はほとんどパニック状態だ。だが揺れが収まると、喜多見たちはまた手を動かしだした。

「ミンさん、吸引全開で、比奈先生、ダクラス窩《か》パッキングして」

喜多見は指示を出した。

危機管理対策室のモニターには、飛行機とERカーの距離が表示されていた。

「残っている燃料から爆発の被害範囲出ました。半径五百メートルが熱風に巻き込まれます」

目黒《めぐろ》が駒場に報告する。

「あと二〇〇メートル」

駒場は唸《うな》るように言った。赤塚はモニターを見つめ、考え込んでいた。

飛行機の炎は、漏れ出した燃料にさらに近づいていた。

喜多見は腹腔内の出血箇所を特定した。

「肝損傷と膵尾脾《すいびひ》から出血してます。膵尾脾やるので、比奈先生は肝臓お願いできますか」

「はい」

比奈と立ち位置を入れ替わり、二手に分かれて止血処置を始める。

「脾臓外側を剝離して脱転しますよ」

喜多見が言うと、夏梅が「はい。電メス30－30です」と、渡した。

「肝臓用手圧迫止血します。ガーゼ」

比奈が言い終わると同時に、夏梅は「ガーゼ」と差し出した。潮見はどこまでも冷静なメンバーたちの連携プレーを見て驚いていた。

「剝離終わり次第、血管クランプしますよ」

と喜多見が言ったそのとき、車体がガクンと大きく揺れた。


『どうした?』

駒場が徳丸に尋ねた。

「大型の破片にタイヤを取られました。手では抜けそうにありません、他の方法を考えます」

車外に飛び出した徳丸は、タイヤに破片が巻き込んでしまっていることを確認したところだった。開いたドアから運転席に身体を突っ込み、作業手袋を出して手にはめていると、レスキュー隊の救助工作車がやってきた。

「千住さん!」

徳丸は、地獄に仏とばかりに声を上げた。

「乗り上げた破片をウインチで巻きとる」

『千住！　危険だ！』

焦りで声を荒らげた駒場からの無線にも、千住は迷うことなく応える。

「おいてはいけないでしょ」

『……どれくらいかかる？』

「揺れを抑えながらだと時間がかかります」

千住らレスキュー隊員たちは、車に配備しているタイヤを持ち上げるための巻き上げ機――ウインチをセットしはじめた。


喜多見たちはオペをしながら、千住と駒場のやりとりを聞いていた。そして、自分たちが乗っているERカーが置かれた状況も理解した。

「比奈先生、止血は？」と喜多見が尋ねた。

「出血続いてます。肝損傷に大網充塡します」

比奈が喜多見に言った。

「ちょっと待てなそうです。肝門部遮断して一時的に止血にしましょう」

「了解」

比奈は頷いた。

千住たちはウインチのセットを急いでいた。

『千住さん、俺が合図を出しますので一気に障害物を取り除いてください。揺れても構いません』

喜多見から無線が入る。

「了解」

『徳丸くん、同時にアクセル全開で現場離脱』

「了解」

喜多見は止血する比奈の様子を見守りながら自分も手を動かしていた。そして、スタッフたちに指示を出した。

「オペ室はショック対応姿勢で患者さんを守りますよ」

「了解」

夏梅と冬木、そしてミンが頷いた。比奈が肝門部遮断で一時的に出血を遮断すると同時に、喜多見は血管テープで脾動静脈を一括遮断した。比奈が喜多見に目で合図をする。

「千住さん、今です」

喜多見は千住に呼びかけた。

合図とともに、徳丸はサイドブレーキを操作し、アクセルを踏み込んだ。千住たちがウインチで一気に障害物を引っ張り出す。無事に巻き込んだ破片が取れた。

『千住隊も退避！』

駒場の声に、千住隊も車に引き上げ、全速力で離脱した。徳丸もアクセルを踏み込むが、重量があるため、どうしても遅れがちになる。

その時——遂に燃料タンクが引火し、大爆発が起こった。T01は一瞬にして炎と黒煙に包まれる。

オペ室も強い衝撃にさらされた。喜多見たちはオペ台の上に覆いかぶさるようにし、佐野を守ろうとするが、すべての照明が消え、視界が暗転する——。

危機管理対策室のモニターに、激しい爆発の瞬間が映し出された。

赤塚と駒場、そしてスタッフたちも体を硬直させた。全員が言葉を失い、呆然とモニターを見ていると、次第に煙が薄まっていった。やがて煙の中から、停車したERカーの姿が現れた。

「T01、後部破損！」

「バッテリー供給ライン損傷しています！」

目黒と清川《きよかわ》が言った。さらに目黒が「オペ室電源ロスト！」と、オペ室の様子を報告した。

「喜多見チーフ！」

赤塚は焦りを抑えきれずに、喜多見に呼びかけた。

真っ暗なオペ室に、電気が戻った。

喜多見と比奈は率先し、佐野の様子を確認した。

「こちら喜多見、全員無事です」

『手動で予備バッテリーに切り替えました！』

徳丸からの無線がオペ室内に響く。次の瞬間、佐野の容態の変化を知らせるモニターのアラート音が鳴り響いた。

「血圧低下！」

冬木が伝える。

「オペを再開します。ペース上げながら落ち着いてね」

喜多見は宣言し、手を動かしはじめた。メンバーたちは衝撃で散乱した医療資材を拾い集め、手早く新たな資材を用意しはじめた。黙々と自分たちの仕事を再開したメンバーたちを、潮見は床にへたり込んだまま「この人たちはなんなんだ」という目で見回していた。

出血は続いていた。厳しい状況だったが、喜多見たちは必死で止血を行い、ついに出血を止めた。

「血圧110の70。バイタル安定しました」

冬木がモニターを読み上げ、メンバーたちは安堵の表情を浮かべた。そんな中で、まだ潮見は怯《おび》えていた。

オペの成功は危機管理対策室にも伝わった。

滑走路の様子を伝えるモニターには、燃え盛る機体に照らされるように、傷ついたERカーの雄姿が堂々と映し出されている。

「搬送すべて終わりました。今回の出動、軽傷者四十八人、重症者十一人、死者は、ゼロです」

清川の報告に、安堵と歓喜の声が上がった。赤塚と駒場も、小さくほほ笑み合った。

「相変わらず無茶をする人たちですね」

音羽は駒場たちに声をかけた。

「音羽統括官」

駒場が驚いたように振り返った。数分前に入ってきていたのだが、モニターに集中していて気づかなかったようだ。

「移動するERカーの中で肝臓と膵尾脾損傷の同時オペなんて」

音羽はいつものようにポーカーフェイスで言った。音羽は、厚生労働省の官僚でありながら、医師でもある医系技官だ。

MER発足時はドクターとして活動していた音羽だが、実際は当時の厚生労働大臣、白金眞理子が派遣したスパイ的な役割を担っていた。日本初の女性総理大臣の座を狙って赤塚とはライバル関係にある白金はMER解体を目論《もくろ》んでいた。そのため、音羽も当初は喜多見の秘密を暴くべく動いていた。

だがそれ以前に、音羽は医師としての喜多見の姿勢に賛同することができずにいた。喜多見は危険な現場に飛び込んでいき、時には自らの命も顧《かえり》みずに救命活動をする。音羽は喜多見のやり方に疑問を抱いて反発していたが、やがて目の前の命に向き合う喜多見の医師としての真摯な姿に心を動かされるようになった。と同時に、現場での

ＴＯＫＹＯ　ＭＥＲの必要性を感じ、存続を進言した。

「本当はあなたも一緒に現場に立ちたいんじゃないですか？」

赤塚が音羽の心を見透かしたように尋ねた。

「……彼らを監督するのが私の務めです」

発足から二年。ＭＥＲの統括官となった音羽は、現場に出ることはない。


喜多見たちはお互いの傷を手当てしあっていた。機内にいた喜多見たちには当然あちこち切り傷や擦り傷があったが、冬木もミンもあちこち怪我をしている。

ＥＲカーもかなり傷を負っていた。車体の下に潜り込んだ徳丸が悲痛な声を上げる。

「マジか、足回りも修理必要ですよ、これ」

「いいじゃない、患者さんは助かったんだし」

比奈が言った。

「俺にとっては我が子も同然なんですよ！」

自分で言うように、ＥＲカーや医療機器のメンテナンスに対する徳丸の愛情は半端ない。

「Ｔ０１は名誉の負傷ですね」

喜多見は人命救助を終え、満足していた。だが、メンバーたちは複雑な表情で、視線を合わせている。

「あのー、喜多見チーフ……ちゃんと連絡はしたんですよね？」

冬木がメンバーを代表するように、口を開いた。

「え」

喜多見はなんのことかわからず、声を上げた。

「ご両親と、食事会、でしたよね」

「十九時に帰るって」

ミンも言った。だが十九時などとっくに過ぎている。喜多見は今初めて気づき、目を見開いた。

「連絡してないんですか⁉」

車体の下から出てきた徳丸も、呆《あき》れたように言う。

「いや、だって、こんな状況だったし」

しどろもどろの喜多見に、

「怒ってますよ、絶対」

夏梅が脅かすように言った。

「ここは大丈夫ですから、早く帰った方がいいですって」

比奈が言う。

「……すみません、先行きます！」

喜多見は弾《はじ》かれたように走りだした。走ったままスマホを取りだし、電話をかけてみたが、相手は出てくれない。

「……やばい……」

喜多見はダッシュで滑走路を駆け抜けた。

＊

「ただいまー！」

肩で息をしながら自宅マンションのドアを開けると、玄関には女性ものの靴が一足、置いてあるだけだった。

まずい……。

喜多見はおそるおそるリビングに入っていった。テーブルにはラップがしてある数皿のおかずが置いてある。どれも手の込んだ料理ばかりだ。なんてことをしてしまったのかと、喜多見は頭を抱えた。

とりあえず謝らなくては。家の中を見回すと、寝室から明かりが漏れていた。

「ごめん、お義父さんとお義母さん、帰っちゃったよね」

喜多見は寝室に近づいていき、声をかけた。

「緊急出動があって連絡するタイミング逃がしちゃって……本当にごめん」

寝室を覗《のぞ》くと、千晶《ちあき》が背中を向けたままスーツケースを広げて荷造りをしていた。

「何やってんの？」

「荷造り」

千晶の背中から、めらめらと怒りが伝わってくる。

「え、旅行、とか？　でもその身体じゃ」

「横浜」

千晶は短く答えた。

「横浜って」

「しばらく、実家に帰らせていただきます」

スーツケースに最後の荷物を入れてふたを閉めると、千晶はようやく顔を上げ、振り返った。だが喜多見と目を合わせようとはしない。

「え、え、え、どういうこと？」

「もう約束すっぽかされて待っているのはうんざり」

千晶はスーツケースを立てた。

「ちょっと待ってよ、一回落ち着こう」

「冷静に考えての結論です」

「いや、でも、赤ちゃんいるのに、こんな重い荷物」

喜多見は弱り切っていた。千晶は今、妊娠九か月。もうそろそろ予定日だ。

「だったら運んで」

千晶は立ち上がり、玄関に向かった。喜多見は素直に従い、スーツケースを持って追いかけた。お腹の大きな千晶が靴を履こうとしていたので、喜多見は急いで屈《かが》みこみ、履くのを手伝った。でも手伝っている場合じゃない。実家に帰る千晶を止めないといけない。

「ごめん、だけど今回は飛行機の緊急着陸で……」

「今回だけじゃない」

千晶は喜多見の説明を遮った。

「あなた、テロリストのレッテル貼られて海外渡航が難しくなったし、今度は前みたいに海外で好き勝手されてすれ違いにはならないだろうなと思ったから再婚したの」

喜多見と千晶は再婚だ。一度別れたが復縁した。

前回の結婚では、世界を飛び回り、あまりに家庭を顧みない喜多見に、千晶の心が離れてしまった。けれど東京海浜病院で循環器外科医として勤務する千晶と、TOKYO MERのチーフドクターとして抜擢《ばってき》された喜多見は再会した。

「だからずっと東京に……」

いるから安心してほしい、実家に帰るなんて言わないでほしい。喜多見は千晶にそう言おうとしたけれど、言わせてもらえなかった。

「帰ってこなかったら一緒でしょ」

千晶は玄関のドアを開け、外に出た。喜多見はスーツケースを持って追いかけた。廊下を歩いていき、エレベーターのボタンを押す。

「あなた先月何回家に戻ったか知ってる?」

「え……十回くらい?」

「四回よ、たった四回!」

千晶は怒った勢いのまま、ドアが開いたエレベーターに乗り込んでいった。喜多見はスーツケースを押して中に入り、千晶のお腹の邪魔にならないように、隅っこで体を伸ばす。

「しかも洗濯物山ほどためて帰ってきて、着替え取ってまた戻っていくだけ。泥とか油とか全然汚れ落ちないし。あと筋トレやりすぎ、汗かきすぎ！」

結婚前の喜多見はスタッフルームに寝袋を持ち込み、泊まることもよくあった。そんな喜多見のために妹の涼香が洗濯物を届け、回収していた。

「……申し訳ない」

喜多見は大きな体を小さく折りたたむようにして、ひたすら謝った。

エレベーターの扉が開いた。坂の途中にあるマンションなので、歩道に出るために数段の階段がある。

「あなたが命を救うために頑張っていることはわかってる。だけど仕事が人生のすべてじゃないでしょ。もう少し家族のことを考えてよ」

千晶は階段を下り始めた。喜多見は千晶の腕を支えながら、一緒に下りた。

「……わかった、考える。考えるから、いま出て行くことないだろ。赤ちゃんのためにもさ」

階段を下りるのも危なっかしい。喜多見は千晶が転ばないようにエスコートしながら歩道に下りた。

「そりゃ、赤ちゃんができたってわかったときは幸せな気持ちでいっぱいだったわよ」

「俺もだよ」

そう言った喜多見を、千晶がにらみつけた。

「……ごめん」

やはり、謝るしかない。

「新しい家族ができたら、あなたもちょっとは変わってくれると思ってた。だけど昔のまんま。だから……しばらく離れてこれからのこと考えさせて」

真剣な目で言う千晶に、喜多見は頷くしかなかった。千晶はマンション前の道に向かって手を挙げ、タクシーを停めた。

千晶に実家に帰ってほしくはないが、仕方がない。喜多見はかいがいしくトランクにスーツケースを積み込んだ。そんな喜多見を全く気にするそぶりもなく、千晶は後部座席に乗りこんだ。

「横浜までお願いします」

「運転手さん、妊娠九か月で、切迫早産の可能性もあります。運転やさしめにお願いしますね」

喜多見は歩道から運転手に声をかけた。

「私も医者。あなたに言われなくても平気」

千晶が憤然と言う。

「……本当にごめん。お義父さんとお義母さんには謝りのメールしておく……気を付けて。とにかく体を大事に」

「危険なところに自分から突っ込んでく人に言われたくない」

千晶の言葉に、喜多見が何かを言い返す前に、扉が閉まりタクシーが走り出した。

といっても言い返す言葉なんてない。喜多見は遠ざかるタクシーを見つめながらその場に力なく立ち尽くしていた。


走るタクシーの中、千晶はぼんやりと夜の東京の景色を眺めていた。

あれは、MERの正式運用が開始されてから数か月後。千晶は喜多見のマンションに呼ばれた。

「もう一度、結婚してください」

喜多見は千晶の前で片膝をつき、指輪を差し出した。あまりにも予想外の出来事に、千晶は言葉を失った。

そして――。

「……涼香《すずか》ちゃんの前でするってずるくない？」

千晶は涼香の遺影を見た。

「断れないじゃん」

そう言って笑う千晶を見て、

「おぉおおお！」

喜多見は喜びの声を上げた。


喜多見は幼い頃、アメリカのショッピングセンターでの銃撃事件に巻き込まれ、目の前で両親を亡くした。八歳年下の妹、涼香とともに祖父母に育てられたが、やがて幼いながら祖父母の介護をすることになり、お互いに支え合うように生きてきた。

だが涼香は、テロリスト、エリオット・椿《つばき》に命を奪われて亡くなった。

MERに抜擢される前の喜多見には、一年間の空白があった。それこそが音羽に探られていた過去だ。紛争地に赴任中だった喜多見は、LP9というテロ組織に所属していたメンバー、エリオット・椿の命を救った。銃撃を受けた椿のオペをしたのだ。目の前の命を救うのが医師としての務めだと思ってのことだったが、そのため、喜多見もテロリストの仲間だと疑いをかけられ、一年間刑務所に投獄された。

野戦病院から立ち去る椿に、喜多見は傷が化膿したら消毒するようにと、消毒液を入れた水筒を渡した。そんな喜多見に椿は言った。

『私を助けたことを必ず後悔させます』と。

椿はきれいごとばかり口にする喜多見に『世の中の不条理を知らしめる』ため来日し、喜多見の大切な存在――涼香を標的に爆弾テロを実行した。喜多見から手渡された水筒を涼香に渡し、その水筒を爆発させたのだ。

自分のせいで涼香が死んだと自暴自棄になっていた喜多見を救ったのが、千晶だ。「涼香ちゃんは、誰かのために頑張るお兄ちゃんが好きだっていつも言ってた」「苦しくても抱えて生きるしかない」「あなたには支えてくれる仲間がいる」と――。

喜多見は再び立ち上がった。MERのチーフドクターとして日々、救命医療に取りくみ、千晶に二度目のプロポーズをした。再婚を決意した千晶は、喜多見と涼香が暮らしたマンションで、そのまま暮らすことにした。

MERのメンバーたちは、自分たちのことのように喜び、祝福してくれた。

リビングに置かれた当時の記念写真では、タキシード姿の喜多見がT01の前でウェディングドレス姿の千晶をお姫さま抱っこし、二人のまわりで全員が最高の笑顔を浮かべている。一番端に立っている音羽だけは、なぜかこんなときでも必死で無表情を装っているのが、彼らしい。

再婚して数か月後、千晶は新しい命を授かった。これで喜多見も今度こそ家族を大切にしてくれると思ったのに——。

千晶はタクシーの後部座席でため息をつき、お腹に手を置いた。

ため息をつきながら部屋に戻ってきた喜多見は、改めてテーブルの料理を見た。キッシュに唐揚げ、豆のサラダなど、数品が並んでいる。すべて千晶の手作りだ。

「……俺の大好きな料理ばっかり用意してくれてたのに……お兄ちゃん、成長しないな……」

喜多見は涼香の遺影を見た。子どもたちに囲まれた涼香は、今日も柔らかい笑顔のままだ。

＊

羽田空港の事故の翌日――。

赤塚は厚生労働省の大臣室に来ていた。

「日本国の医療を司る厚生労働大臣として申し上げます」

向かい側に座るのは厚生労働大臣の両国隆文《りょうごくたかふみ》。両国はどこか人をバカにしたような、冷ややかな笑みを浮かべ、赤塚を見ている。

「命を救いたいのはわかりますが、爆発寸前の飛行機に突っ込んでいくなんて行為は決して許されませんよ。赤塚都知事」

「両国大臣のおっしゃる通りです。空港滑走路での非常識なオペについて、国交省からクレームが入っています」

同席していた久我山《くがやま》も、赤塚に苦言を呈した。久我山は両国が大臣となった現在も、厚生労働省医政局長のポストに就いている。日本の医療制度を統括する厚労省医政局のトップで、自身の出世のため、常に大臣にごまをすっている。

「まぁよかったじゃないですか、死者ゼロで。ねぇ音羽統括官？」

赤塚は音羽に同意を求めた。

「結果はそうですが、重大な二次災害につながる危険があったことは事実です」

音羽は淡々と言った。それ本音？　というような目つきで赤塚が音羽を見上げたが、いつものように無表情なので感情は読めない。

「MERが一つしかないから、東京のやり方が全て正しいように勘違いされてしまう。でも、これからはそうはいきません」

両国は含みのある言い方をする。

「……準備が整ったんですか？」

赤塚が尋ねると、両国はニヤリと笑った。そのタイミングを見計らったように、久我山が赤塚にファイルを差し出す。

「TOKYO MERは都知事直轄の組織ですが、我々は全国の政令指定都市に厚労省直轄のMERを配備しようと計画しています。その第一弾として、YOKOHAMA MERが試験運用に入ります」

久我山が言った。久我山は白金のもとでは、TOKYO MERの解体を遂行するために暗躍していた。だが白金が一転してMERの活動認可を出したため、久我山もMERの活動を支援することになった。今回、両国がYOKOHAMA MERの創設に積極的なので、当然久我山も従っている。

だがYOKOHAMA MERはTOKYO MERとは大きく違う点がある。

「YOKOHAMA MERは危険に突っ込んでいくような無謀な医療行為はしません。それでも最先端の医療機器と最高峰の医療スタッフが集まれば東京以上の成果が得られる。横浜が実績を上げれば、今後は、横浜モデルのMERが全国の政令指定都市に展開されます」

両国は言った。今回のYOKOHAMA MERの創設は、両国から赤塚への挑戦状だ。

「東京か横浜か、どちらのやり方が正しいのか、見極めるということですね」

赤塚は強気で言い返した。

「すでに答えは出ているようなものですけどね」

両国は実に楽しそうに笑った。

音羽は赤塚を見送るため、並んで渡り廊下を歩いていた。

「あの横取り野郎が」

大臣室を出たときからプリプリ怒っていた赤塚は、悔しさに歯を食いしばった。

「両国大臣、次の総裁選に出る腹づもりでしょ？　だからこそMERを全国展開して手柄を横取りしようとしてるのよ。もともとMERを作ったのは私なのよ」

「政治の道具にしているのはお互い様では」

音羽はあくまでも中立だ。

「政治家が実績づくりして何が悪いのよ。横取りされるのが嫌なの」

気持ちがおさまらずにいる赤塚を、音羽は無言で見つめた。

「どうせYOKOHAMA MERが成功したら、都知事直轄のTOKYO MERも、厚労省の管轄に吸収するんでしょ。全部自分の手柄にするために」

赤塚はそう言うと、音羽を見た。「あなたはどっちの味方？　東京？　横浜？」

「……私は、MERという医療組織が全国に広がってほしいと思っているだけです」

MERは特別な存在ではなく、ただ目の前の命を救いたいと思っているだけだ。誰かのために頑張っているすべての人々と同じ存在だと、音羽はMERの発足式でも述べた。

「また優等生っぽいこと言っちゃって、本当はすっかり横浜推しになっちゃってるんじゃないの？」

赤塚は音羽の方をポンと叩《たた》いた。音羽は赤塚の真意がわからずに、かすかに首をかしげた。

「聞いたわよ。横浜のチーフドクター、鴨居《かもい》先生、あなたの大学時代の同級生で、元恋人なんですって」

赤塚の言葉に、音羽は足を止めた。ちょうどエントランスホールまで下りてきたところだったが、音羽は返す言葉が見つからず、硬直していた。

「こういうの苦手なのね」

赤塚はからかうように笑った。

「噂《うわさ》になってるわよ、あなたが未練たらしくアメリカから呼びつけてチーフドクターにねじ込んだって」

「鴨居チーフを呼んだのは両国大臣です」

音羽はどうにか冷静さを取り戻し、反論した。

「両国大臣が、あなたと鴨居チーフを結婚させようとしているって噂もあるけど」

赤塚が上目遣いで音羽を見る。

「噂です。くだらないゴシップほど、尾ひれがついて広がる」

音羽が吐き捨てるように言ったとき、エントランスロビーにいた女性が声をかけてきた。

「私はかまいませんよ。結婚してみますか？　音羽統括官」

「……鴨居チーフ……」

音羽は再びフリーズした。そこに立っていたのは、まさに今、話題に上がっていた鴨居友《ゆう》だ。白いパンツスーツにシンプルなピアスとネックレスをつけた鴨居は、最後に会ったときに比べ、格段にあか抜けている。

「素敵なドクターね。喜多見くんとの対決が楽しみ」

赤塚は値踏みするように、すらりと背の高い鴨居を上から下まで見た。


音羽と鴨居は、皇居を見下ろせるフランス料理店で、ランチを食べていた。

「成田のうどん屋以来ですね、一緒にご飯食べるの」

鴨居がいたずらっぽい目で音羽に笑いかけた。

「ランチにフレンチなんて、大人になりましたねぇ」

しみじみと言われ、音羽は十年前、成田空港のうどん屋で鴨居と向かい合って交わした会話を思い出していた。


「LAにいったらしばらくおいしいうどん食べられないなぁ」

留学するため、これからロサンゼルスに発つ鴨居は、名残惜しそうにうどんをすすっていた。

「……俺はいつでも食べられるから」

音羽は自分のどんぶりをさしだした。鴨居は受けとることはなく、音羽をじっと見つめた。そしてテーブルの上に、音羽のパスポートを出した。

「勝手に持ってきたの？」

音羽は驚いて、鴨居を見た。

「チケットも買った。やっぱり一緒に行こう。最先端の救命医療を学びたいって言ってたじゃん」

鴨居はパスポートの横に航空チケットを出した。

「これが最後のお願い。一緒に来て。尚」

いきなり空港でそんなことを言い出すなんて予想外だったが、鴨居の目は真剣だった。音羽は突然の申し出に驚きながらも、自分の気持ちを口にした。

「俺は残って、日本の医療を変える。誰でも平等に治療を受けることができる世の中を作る」

音羽の言葉を聞き、鴨居はうつむいた。けれどすぐに顔を上げた。そして笑顔で音羽のほうに手を伸ばしてきた。

「じゃあもらう」

音羽のどんぶりを手に取って、うどんを食べ始めた。

あのとき、二人はまだ二十三歳。学生だった。あれから十年。別々の道を歩いていたけれど、今になって再会するとは……。音羽は目の前の鴨居を見つめた。

「LAに行った方が給料もいいし、将来も保証されてるって、何度も説得したのにバッサリだったたですもんね」

鴨居が自虐的に笑った。

「まぁ、いま思えば勝手にチケット買ってるとかけっこうイタイ女ですけど」

「常識的に考えてあのタイミングで行くとは言わないですよ」

音羽は無表情のまま、語気を強めて言った。

「本当そういうところ鈍い」

鴨居は口をとがらせ、音羽をにらんだ。

「あのときはただ引き留めてほしかったんだと思いますよ、そのイタイ女は。俺と一緒に日本に残ってくれって言ってくれれば、状況が変わっていたんじゃないですか」

冗談めかして言っているが、おそらくそれが鴨居の本音だったのだろう。

「……その女性の夢を邪魔するわけにいきません」

音羽は硬い表情で言った。

「自分の夢のためでしょ。わざわざ医師免許をとったのに厚労省に入って、こうして見事、日本の救命医療を変える若手官僚の旗手になってるなんてさすがです、音羽統括官」

再会してからずっとさばさばした調子だった鴨居は、真面目な顔で続けた。

「だからこそ疑問なんです。あなたがなぜTOKYO MERや喜多見チーフを擁護するのか」

「……擁護？」

音羽は聞き返した。

「逮捕歴があって無謀な医療行為をする喜多見先生は外すべきだし、寄せ集めでとりあえず揃《そろ》えられた初期メンバーは再編した方が良いと考えるのが妥当です。なのに音羽統括官はTOKYO MERの維持にこだわって、今も彼らを守っている」

鴨居は日本の事情をよく知っているようだ。

「あなたの夢をかける価値が、あんなチームにあるんですか？」

「……あのチームにこだわりなどありませんよ。邪魔になればすぐに再編するつもりです」

本音を隠して言う音羽の顔を、鴨居は観察するように見ている。

「二年前、TOKYO MERにあなたがセカンドドクターとして参加していたのは知ってる。そのときに何かあったの？」

問われたけれど、音羽は答えずにいた。そこに、店員がデザートワゴンを押してきた。色とりどりのケーキやムース、ゼリーなどが並んでいる中に、チョコレートのフィナンシェがあった。

音羽の脳裏に「チョコ、好きなんですね」という涼香の声と、まわりにいる誰をも幸せにするような笑顔が浮かぶ。あふれそうになる感情を、音羽はどうにか押しとどめていた。そしてそんな音羽を、鴨居は訝《いぶか》しむように見ていた。


東京海浜病院のスタッフルームでは、比奈、冬木、徳丸、ミンの四人がまさに音羽の話題で盛り上がっていた。

「え、音羽統括官の元カノ⁉」

比奈が素っ頓狂な声を上げた。

「音羽先生って、彼女とかいたんですね」

「大学の同級生だったみたいっすよ。それがYOKOHAMA MERのチーフドクターと、統括官として運命の再会」

情報を仕入れてきた徳丸は言った。

「縁は異なもの、味なもの」

ミンは得意のことわざを口にし、満足げに頷いた。

「音羽先生もあるかもしれないですねぇ」

冬木はテーブルの上の喜多見の結婚写真を見て、笑みを浮かべた。

「……でも、なんかちょっと寂しいですね」

比奈は、もうひとつの集合写真を見た。以前、わくわく体験会という小児科の子どもたち向けのイベントをやったときに、スタッフルームで撮影した写真だ。MERのスタッフたちの横に、笑顔の涼香が写っている。

入院中の子どもたちを紙芝居や工作などで楽しませるボランティア活動をしていた涼香は、この病院にもよく来ていた。わくわく体験会の時も涼香は子どもたちを引率し、MERメンバーとの懸け橋になっていた。メンバーの誰もが、いつも明るく頑張る涼香が大好きだった。

涼香はあるとき、妊婦の車椅子を押していて故障した病院のエレベーターに取り残された。音羽も大物政治家とともに同じエレベーターに乗っていた。煙が充満し、酸欠状態になったエレベーターの中で、政治家は自分を最優先するよう音羽に命じた。音羽も従ったが、妊婦の容態が急変した。政治家を優先する音羽に、涼香は「最低」と言ったが、最終的には音羽が妊婦と新生児の命を救った。

音羽は日本の医療制度を拡充し、誰もが希望を持って生きられる国にしていきたいと、医師免許を持ちながら官僚になった。

音羽の思いと不器用なやさしさを知った涼香は、その日以来、笑顔で話しかけるようになった。音羽も次第に心を許すようになっていった。二人が互いに惹かれあっていることに、メンバーたちも気づいていた。でも、二人の間に何かが始まる前に、涼香は亡くなってしまった。


「……ずっと過去を引きずるのはしんどいですよ。それに、涼香さんも、音羽先生には前を向いてもらった方が嬉しいんじゃないですかね」

冬木の言葉を比奈たちが嚙《か》みしめていたところに、ドンッ！　という大きな音が響く。みんなが声のする方を見ると、ひとりで筋トレをしていた潮見がダンベルを持ち上げられずに床に落としたところだった。比奈は立ち上がり、潮見に近づいていった。

「また、喜多見チーフの真似?」

声をかけたが、潮見は黙々と筋トレを続けていた。潮見は身長では喜多見に引けをとらないが、やや線が細い。そして何より、気が小さい。

「憧れてるからって、筋トレまで同じメニューこなさなくてもよくない?」

「同じ鍛え方すれば喜多見チーフみたいになれる気がして」

潮見は明るく笑ったが、不自然な笑顔だ。

「あ、凹《へこ》んでんだ? 飛行機事故の現場」

比奈は潮見の気持ちを察して言った。

「……全然、そんなの気にしてませんって……」

潮見はハアハアと荒い息をし、筋トレに集中しようとしている。比奈はそんな潮見をじっと見つめた。気持ちを見透かされた潮見は観念したように情けない表情になり、素直な気持ちを口にした。

「……ここに来て一か月ですけど、なんか、みなさんと同じレベルになる自分がまったく想像できないっていうか……。自分にはないんですよ。皆さんみたいに危険に飛び込んでいく勇気が」

「じゃあ辞めれば？」

比奈は冷たく突き放した。

「え？」

「病院にいても命は救える。それに危険なところに飛び込んでいく勇気なんて、そもそも医者に必要ないから」

思わずうつむく潮見を見て、ふっとほほ笑みながら比奈は続ける。

「悔しいんでしょ。だったら自分を見返すためにも諦めがつくまでやった方がいいと思う。私もそうだったから」

比奈も循環器外科で研修中だったのにＭＥＲを兼務させられ、最初はいやで仕方がなかった。万全の医療体制のもとで患者とじっくり向き合うことが比奈の理想だったのに、事故現場など劣悪な環境でもオペを始めてしまう喜多見に戸惑っていた。

工事現場で鉄骨が落下する事故が起こり、出動したときには、クレーン車から今にも鉄骨が落ちてきそうな現場に足がすくんだ。すでに落ちてきた鉄骨に足がはさまれている中学生が目の前で苦しんでいるのに、自分がまきこまれるのが怖くてどうしても助けに行けなかった。おまけに診断ミスもした。自分が情けなかった。

正直もう辞めたい。

比奈は、指導医の千晶に本音を漏らした。循環器外科医で、心臓移植の名医として知られている千晶は、比奈の憧れの存在だ。

あのとき、千晶は比奈に、じゃあ辞める？　と尋ねてきた。さっき比奈が潮見に尋ねたのも、千晶の受け売りだ。

千晶は自分のふがいなさを情けなく思う比奈に、それはまだやりきっていないからだ、と言った。本当に辞めたくなったときには自分が力になるから、もうすこしやってみたらと言われ、比奈は続けることにした。

そして現場に出続けることで、比奈の意識は変わっていった。

「……できますかね、俺に」

潮見は情けない顔で、比奈を見ている。

「潮見先生は命を救いたくてＭＥＲにきたんでしょ？」

「もちろんです」

力強く頷く潮見に、「だったら大丈夫」と比奈は保証した。

以前、比奈は喜多見に、なぜ自分をＭＥＲに入れたのかと尋ねたことがある。喜多見は、比奈が履歴書に書いた「医者を目指した理由」を読んだからだと答えた。『人の命を救いたいから』と書いたのだが、ただそれだけの理由で選んだと喜多見は言った。

そのときは拍子抜けするような気分だったが、比奈のその思いは、喜多見と出会い、ともに救命活動をすることで確固たるものとなった。

「なにが大丈夫なんですか？」

納得していない様子の潮見を見て、比奈はふっと笑った。

「って、ちょっと先輩面しすぎちゃったかなぁ。とかいう私も喜多見チーフの足元にも及ばないんだけどねぇ」

比奈は言った。二年前のあのとき、千晶も比奈に「ちょっと先輩ぶってみました」と笑ってくれて、それで気持ちがほぐれたのを覚えているから。

「あの人はすごすぎますよね」

潮見の言葉に、比奈も笑みを浮かべながら頷いた。

そう、喜多見にはかなわない。だけど、喜多見のそばにいることで、比奈は目の前の命に向き合い、医師としてできることに全力を尽くす姿勢を学んだ。今も、学び続けている。

あのときの自分のように揺れている潮見の背中を、少しでも押してあげられたら。

比奈はそう思っていた。

＊

同じ頃、喜多見と夏梅は病院の食堂にいた。そして夏梅に、千晶が実家に帰ってしまったことを話した。

「ダメダメですね、喜多見チーフ」

夏梅が呆《あき》れたように喜多見を見ている。

「ですね……」

喜多見は肩を丸め、しゅんとしていた。

「再婚するとき、みんなの前で誓ったじゃないですか。今度は絶対に家族を最優先するって」

「はい。誓いました」

「それを裏切ったんだから、千晶さんが怒るのも当然ですよ」

「ですね……」

もはや喜多見の口からは口癖の「ですね」しか出てこない。

「それで夏梅さんにお願いがあるんです」

喜多見は顔を上げ、夏梅を見た。

「千晶、夏梅さんとはとくに仲良くさせてもらってましたよね」

「まぁ、出産の相談とか、夫の愚痴とか」

年齢も近いし、顔を合わせればよく話をする仲だ。

「俺が連絡してもまったく返事がないんですよ。夏梅さんから連絡して、ちょっと様子を見てきてくれませんか？」

「私にスパイになれって言うんですか？」

夏梅は思いきり拒否反応を示した。

「心配なんですよ。お願いします」

喜多見は頭を下げた。情けないが、今の喜多見には、夏梅に頼るしかない。

「スパイではなく友だちとして会ってきます」

しばらく考えていた夏梅は、しぶしぶ了承した。

「ありがとうございます。俺の悪口でもなんでもガンガン話し相手になってあげてください。妊婦さんはストレスが一番よくないですから」

喜多見はホッとして笑顔になったが、

「そういう医者目線の心配の仕方よくないですよ。もっと夫として父親として心配してあげてください」

すぐに夏梅に指摘された。

「……ダメダメですね」

喜多見はまたがっくりと頭を垂れた。


夏梅は、みなとみらいのランドマークタワーで千晶を待っていた。休日なので、タワー内ではイベントが行われ、家族連れの客などで賑わっている。一階のエレベーターホールでしばらく待っていると、千晶が手を振りながら歩いてきた。もうずいぶんお腹が重たそうだ。

「よかったぁ、元気そうで」

互いに仕事中には見せないリラックスした表情で笑い合った。

「あの人に頼まれてきたの？」

千晶が背の高い夏梅を上目遣いで見る。

「まぁそうだけど、なんて伝えるかは千晶さん次第」

夏梅は思わせぶりに笑った。

「……あの人、洗濯とかどうしてるの？」

千晶は尋ねた。喜多見は医師としては優秀だが、日常生活に関することは驚くほど苦手だ。涼香が生きている頃は、料理や洗濯はすべて涼香任せだった。MERのスタッフルームに泊まり込むことも多い喜多見のために、涼香がきれいに洗濯し、アイロンをかけてくれたユニフォームを着て、喜多見は出動していたのだ。

「洗濯機の説明書探すのに一時間かかったたって」

夏梅は肩をすくめた。

「いい気味」

千晶はわざと意地悪っぽく言った。

「何食べる？　今のうちにいいお店に行った方がいいよ、赤ちゃん生まれたら、行けなくなっちゃうから」

今日はふたりでゆっくりランチをしながら女子会だ。

「チートデイだな、今日は」

妊娠中なので食事に気を付けていた千晶だが、今日は好きなものを食べていい日に設定した。

「喜多見チーフに請求するから、たくさん食べちゃおう」

「おぉ、食べよお食べよお」

二人は女子高生のようにはしゃぎながら、高層階行きのエレベーターに向かった。

＊

中層階の業務用エレベーターが、休日の誰もいないオフィスフロアに停まった。深く帽子をかぶった清掃アルバイトの中年男が降り、青いダストカートを押して事務室に入っていく。

部屋の中央あたりまで来ると、男は暗い目であたりを見回した。そしてカートから透明なポリ袋を取り出し、中の液体をまき散らした。


音羽はＭＥＲ基地のスタッフルームに来ていた。

「いよいよＹＯＫＯＨＡＭＡ ＭＥＲが試験運用に入りました。ＴＯＫＹＯ ＭＥＲは都知事の管理下にありますが、ＹＯＫＯＨＡＭＡ ＭＥＲは厚労省直轄の組織です。現場での判断は私が下すことになります」

並んだメンバーたちを前に、話し始めた。

「頼もしい仲間の誕生ですね」

喜多見は笑顔で右手を差し出した。

「喜多見チーフ。空港での危険行為に関する報告書を早く提出してください」

音羽は喜多見の握手はスルーし、淡々と言う。

「ですね」

喜多見は苦笑いを浮かべて右手を引っ込めた。にこにこと笑顔で右手を差し出す喜多見の握手に、表情一つ変えず応じない音羽。二人が出会ったときからのお約束のパターンだ。

「音羽統括官、横浜チームはどんなメンバーなんですか?」

冬木の質問に続いて、徳丸とミンも質問を浴びせる。

「両国大臣が集めたエリート集団だって聞きましたけど」

「チーフドクターは女性なんですよね」

「……音羽統括官の大学時代の同級生だって聞きましたけど」

最後に比奈が、核心に迫る言葉を放って音羽の表情をうかがう。他のメンバーたちも興味津々だ。

「とても優秀なドクターです」

音羽は手にしていたファイルを鞄にしまいながら、あっさりと言う。

「……へぇ……」


比奈たちはそれぞれ頷いた。多くを語ろうとしない音羽の態度が、よけいに怪しい。

そこに、音羽のスマホが鳴った。画面を確認した音羽が、難しい表情を浮かべた。

「どうしました？」

喜多見が尋ねた。

「YOKOHAMA MERに出動要請です。みなとみらいのランドマークタワーで火災。大規模医療事案と認定されています」

「大規模医療事案……」

喜多見が音羽の言葉を繰り返したのと同時に、室内にアラート音が鳴り響いた。

『都庁危機管理対策室から伝達。横浜市みなとみらいのランドマークタワー中層階で火災が発生。エレベーターが停止し、多くの人々が上層階に取り残されている模様。首都圏全域からの応援が必要な大規模特別医療事案と認定。TOKYO MERの出動を要請する』

目黒の声が告げた。スタッフルームのモニターには東京消防庁の入電情報が表示されている。だが、今回は横浜の出動要請なので表示されてはいない。応援で出動するという特別な事案だ。

「MER了解、出動します」

　喜多見はモニター前に設置された無線のマイクに応答し、メンバーたちを見た。

「気道熱傷とCO中毒が予想されます。挿管セットと酸素ボンベを多めに持っていきましょう」

「はい」

　喜多見たちは、スタッフルーム内の数段階段を上ったところにあるロッカーに向かい、準備を始めた。この日は夏梅が休みなので看護師はミンだけだ。ミンは救急バッグの中身を確認し、必要なものを揃えた。みんながバタバタしている中、音羽のスマホに着信があった。駒場からの電話だ。

「音羽です」

『駒場です。赤塚知事の判断で、TOKYO MERを横浜に派遣することが決まりました。YOKOHAMA MERとの合同ミッションとなれば連携が必要となります』

「私が現場で指揮を執ります。情報共有を徹底します」

『赤塚です。私の名前を使って現場の指揮系統を音羽統括官に統一してください。神奈川県知事の許可も得ておきます』

　さらに赤塚が言った。

「わかりました」

電話を切った音羽に、喜多見はMERの白いユニフォームを差し出した。

「私は医者ではなくMER全体を監督する統括官です。医療行為には参加しません」

音羽はそう言い、ガレージに向かうメンバーたちとは反対側に歩きだす。

「ですね」

喜多見は頷き、ガレージに向かった。


駒場と赤塚は、東京都庁の危機管理対策室で厳しい表情を浮かべていた。大規模特別医療事案が起こったという緊張感もあるが、それ以外にも気にかかることがある。

「YOKOHAMA MERの初陣ですから、厚労省の両国大臣が必ず出張ってきます。もめますよ」

駒場は言った。TOKYO MERを政治的に利用されるのは、もうたくさんだ。

赤塚は顔をしかめた。

＊

ＥＲカーは都心を抜け、首都高湾岸線を南下していった。ＴＯＫＹＯ ＭＥＲのＥＲカーが都内から出るのは初めてだ。

やがてベイブリッジにさしかかった。その向こうには観覧車やホテル群が見える。通常であれば眺めのいいスポットのはずだが、この日、運転席の徳丸と助手席の冬木が見た光景は異様だった。ランドマークタワーの中層階から煙が上がっている。近づいていくにつれ、緊急車両の数が増えてきて、騒然とした雰囲気だ。

『タワーは地上二九六メートル。七十階建て。中層階はオフィスフロアのため、休日の今日はほとんど人がいなかったようですが、上層階のレストランや展望フロアには多くの人々がとり残されている模様。その数は不明』

無線から目黒の声が聞こえてくる。

『建物の構造図送ります』

清川が送ってくれた構造図がモニターに映し出された。喜多見らは無線を聞きながら、モニターを見ていた。八階から四十八階まではオフィスで、その上はホテルがあり、六十九階に展望フロア・スカイガーデンがある。下層階はショッピングモールやレストラン街になっている。

『非常階段は北と南の二か所』

清川は続けた。

『横浜市消防局による消火・救助活動が行われていて、炎の延焼は防がれているようです。ただ、下層階から救助された傷病者の数などは、まだ東京に情報共有されていません』

ERカーはベイブリッジにさしかかった。

「MER了解、まもなく現着します」

喜多見はマイクに向かって言った。


ERカーはランドマークタワーに到着した。喜多見たちはERカーから降り立った。

ランドマークタワーのふもとには、かつて造船所のドックであった場所に作られた、石作りのドックヤードガーデンがある。地面をえぐった形状になっていて、階段で下りていくことができ、ライブやコンサートなどが行われることもある。

今はそこに簡易的な医療エリアが作られ、数名の救急隊員が負傷者を診ていた。負傷者の数はざっと十名以上だ。横浜市消防局の消防隊がやってきて、負傷者を搬出しているが、追いついていない。ランドマークタワーから自力で逃げてきた人たちも、次々とブルーシートに倒れ込んでいる。

「比奈先生、冬木先生、潮見先生、ミンさん、顔面と気道熱傷に注意してトリアージ。意識レベルが低下した人には酸素吸入お願いします。徳丸くんは、ERカーを敷地内に回して救急隊への引き渡しフォローしてください」

喜多見は指示を出した。

「了解」

メンバーたちはトリアージと応急処置を開始し、徳丸はERカーの運転席に戻った。


厚労省の車が現場に到着した。ビルの管理会社との通話を終えた音羽は、厚労省の車から降り立ち、すぐに前線指揮テントに入っていった。横浜市の担当者たちに加え、消防や警察の担当者も詰めているが、情報が錯綜し、怒号が飛び交っていた。

「厚生労働省MER統括官の音羽といいます」

声をかけると、周囲の人間たちがいっせいに音羽を見た。

「神奈川県知事、東京都知事の任命を受け、今回の救助活動の指揮をさせていただきます」

一瞬、あたりがシンとなった。そこには戸惑いと、若干の反感が見てとれた。音羽はかまわず続けた。

「ビルの管理会社に確認したところ火災が起きているオフィスフロアにいた人数はおよそ三十六人。ショッピングモールには休日のため多くの客がおり、転倒事故なども起きています。予想負傷者は百五十人程度、二十台の緊急車両による、ピストン搬送が必要になります」

ホワイトボードに貼ってある地図を示し、確認する。

「みなとみらい大通りは封鎖して搬送車両専用に。ドックヤードガーデン周辺に医療テントを立て搬送待ちの傷病者のケアを行います。お願いできますか?」

「……わかりました」

県担当者が、難しい表情を浮かべながら頷いた。混乱の中、やることが山積みなのだろう。

「搬送先の病院と病床数をリストアップしてください。あと受け入れ可能な重症者のレベルも」

「……はい」

別の県担当者が面倒くさそうに頷く。

「横浜市消防局は消火活動エリアと延焼箇所の情報を吸い上げてください」

消防担当者は、無言で頷くだけだ。

「神奈川県警は、周辺道路の封鎖と緊急車両の誘導をお願いします」

「……わかった」

県警の担当者は、敬語すら使わない。

「今後、情報はこの現場指揮本部で集約し、横浜市、横浜市消防局、神奈川県警、神奈川県庁、東京都庁危機管理対策室と共有します」

「東京にも？」

県担当者が露骨に不快そうな顔をする。

「すでにＴＯＫＹＯ ＭＥＲが現着しています。情報共有システムの構築をすぐに取りまとめてください」

「……わかりました」

県担当者が渋々頷く。ここで歓迎されていないことはよくわかった。音羽は、今後のコミュニケーションに不安を感じていた。だが、赤塚に言われたように、指揮系統を統一しなくてはならない。

＊

喜多見たちはドックヤードガーデンに次々運び出されてくる傷病者の対応と搬送補助に当たっていた。

「酸素15リットル、リザーバーで搬送してください」

喜多見は救急隊員に指示をし、手当てを終えた傷病者を引き渡した。

「わかりました」

搬送を見送っていると「喜多見チーフ！」と、潮見に呼ばれた。

「こちらの患者さん意識レベル二桁、橈骨微弱《とうこつびじゃく》です！」

急いで駆け寄り、携帯エコーを取り出した。

「避難途中で階段から落下したようです」

潮見の説明を受け、喜多見は傷病者の胸部を携帯エコーで確認した。

「冬木先生！　ファストで左大量血胸《ひだりたいりょうけつきょう》と下行大動脈《かこうだいどうみゃく》に解離性の瘤《りゅう》あり。すぐにオペが必要です。胸骨正中切開《きょうこつせいちゅうせっかい》の準備お願いします！」

「了解！」

少し離れた場所で傷病者を診ていた冬木は、手当てを終えるとオペの準備のため、立ち上がった。

「潮見先生、酸素投与。ミンさんストレッチャーお願いします」

「了解！」

「比奈先生、ここは任せますね」

喜多見は応急処置をしながらメンバーたちに声をかけた。

「了解」

比奈にこの場をまかせ、喜多見は潮見たちと協力して傷病者をストレッチャーに乗せた。ERカーに運びこもうとすると、サイレンが近づいてきた。見ると、明るい水色のERカーが近づいてきた。ボディーに記された文字は『Y01』。YOKOHAMA MERだ。

「Y01……YOKOHAMA MER」

潮見がその大きな車体を見上げていると、横浜のメンバー七人が運転席と後部前室から降りてきた。ユニフォームの色も、車体と同じく水色だ。

チーフドクターの鴨居は現場を見ると、喜多見たちが運ぼうとしているストレッチャーに近づいてきた。セカンドドクターの元町馨《もとまちかおる》もサポートするように近くに立っている。

「外傷性大動脈破裂疑い、大動脈造影とオペを行います。中尾《なかお》先生、挿管で全麻準備。杉田《すぎた》先生、右鼠径《みぎそけい》アプローチでいきます。森《もり》さん、念のため開胸開腹セットを出しておいてください」

鴨居が指示を出す。

「了解」

YOKOHAMA MERのメンバーたちがストレッチャーを出してきた。

「いや、でもうちが先に」

潮見は抵抗したが、

「Y01には東京にはない血管造影《けっかんぞうえい》が可能なDSA装置が装備されています。我々が対応すれば救命できる。患者さんの取り合いしてる場合じゃないですよね」

鴨居は喜多見の顔を見た。

「ですね」

喜多見は頷き、手にしていた点滴のパックを渡した。鴨居たちは自分たちのストレッチャーに重症患者を移し、素早くY01へ運んでいった。

「なんですかあれ?」

潮見は憮然《ぶぜん》とした様子で見送っていた。

だが冬木はYOKOHAMA MERの迅速な動きに感心していた。

「診断も搬送のための処置も完璧でしたね」

「この状況下で冷静さも失っていません。相当な場数を踏んでいるドクターです。俺たちは俺たちができることをしましょう」

喜多見たちは引き続き、傷病者の治療に戻った。

危機管理対策室にいる駒場のもとに、音羽から連絡が入った。

『駒場室長、情報共有できました。映像送ります』

「ありがとうございます」

駒場が礼を言うとすぐに、目黒がモニターに送られて来た映像を映し出した。

「映像来ました。Y01の内部映像もあります」

Y01のオペ室に患者が運び込まれ、オペの準備が始まっている。

「いきなりオペを……」

驚愕している駒場の横で、赤塚は無言で腕組みをしていた。

鴨居はY01の後部前室で、着替えの補助を受けながらオペ室に指示を出した。

「大動脈ステントグラフト留置術と、血胸ドレナージを行います。杉田先生、鼠径からガイドワイヤー上げるから、左から大動脈見えるようにしておいて」

「準備できてます」

杉田が応える。

「元町先生、血胸ドレナージ任せます」

「了解です」

応えた元町とともに、鴨居は、消毒した両手を胸の高さに上げ、オペ室に通じるドア前に立った。

「Y01オープン」

鴨居たちがオペ室に入ると、すでにスタッフたちがオペの準備を終えていた。

「大動脈造影を開始します。ニードル」

鴨居が手を出すと同時にニードルが渡され、オペが開始された。

鴨居は早口で次々と指示を出しながらオペを進めていった。迅速に的確な医療行為が行われていく様子をモニター越しに見ていた駒場と赤塚は圧倒されていた。

「早い……」

駒場は舌を巻いていた。

「音羽統括官、同じ医師としていかがですか?」

赤塚は前線指揮テントの音羽に問いかけた。

『鴨居チーフの腕の良さはもちろん、他のスタッフとの連携も申し分ありません。優秀な医療チームです』

音羽はいつも通り、冷静に分析した。

モニターに映る鴨居たち横浜チームは、手際よく的確に患者の傷を治療していった。

「血圧90の58。昇圧剤なしで安定しました」

麻酔科医の中尾がモニターを読み上げる。

「救急隊に渡します」

鴨居はオペを終えた。

TOKYO MERのメンバーたちも、ドックヤードガーデンでの治療と搬送を続けていた。

「喜多見チーフ、患者さんの搬送終わりました」

比奈は最後の患者を救急隊に引き渡した。

「傷病者が思っていたほどの数ではなくて良かったですね」

冬木が喜多見に言った。

「ええ。でもまだ上に人が……」

喜多見はランドマークタワーを見上げた。窓からはまだ煙が出ている。すると近くから、鴨居の声が聞こえてきた。

「外傷性大動脈破裂と左大量血胸の患者さんです。日吉《ひよし》さん、鎮静したまま病院まで同乗してください」

オペを終えた患者を鴨居が救急隊に引き渡している。鴨居に指示された看護師の日吉が、救急車に乗り込んでいく。ほかのYOKOHAMA MERのメンバーたちも、ERカーから降りてきて患者を見送った。

「あの手術をこんな短時間で……」

冬木は鴨居の腕の良さに驚きの声を上げた。

「TOKYO MERの喜多見といいます」

喜多見は先に鴨居に名乗った。

「YOKOHAMA MERの鴨居です」

鴨居も挨拶を返す。横浜のスタッフと、東京のスタッフが向き合う形となった。

「鴨居さん、大動脈破裂の患者さんをわずか五分で救命するとは素晴らしいチームですね。俺たちが力を合わせれば、より多くの命が救えます。よろしくお願いします」

喜多見は右手を差し出したが、鴨居は腕組みをした手をほどきもせずスルーだ。

「実力のわからないチームと医療分担をするのは危険です。我々は独自の判断で活動します。連携はしません」

「……こっちを信用してないってことですか?」

潮見が反論した。

「君、さっきの大動脈破裂の患者さん、酸素投与だけして、気道確保しなかったでしょ」

元町が指摘した。

「……いや、それは」

言い訳もできずにうつむく潮見に、元町は露骨に呆れた表情を浮かべた。

「そもそも、皆さんは町場の私立病院に所属するスタッフなんですよね」

元町は鼻で笑った。その態度に、潮見だけでなく、比奈も冬木もミンも言葉を失った。

「海外や大学病院から選抜され、最先端医療を災害事故現場に持ち込もうとしている我々横浜チームとは意識も技術もレベルが違います。先輩面はしないでいただきたい」

元町の言葉に比奈たちはムッとしていたが、

「ですね。俺たちには上も下もありません」

喜多見はにこやかに言った。そんな喜多見を、鴨居は冷めた目で見ていた。

そこに音羽からの無線が入った。

『指揮権は私に一任されました。鴨居チーフと喜多見チーフは現場指揮本部に集まってください』

＊

テント内で合同会議が始まった。

「時間がないので情報共有を手短に行います」

音羽は全員に向かって言った。神奈川県・横浜市の消防・警察の各担当者、そして喜多見と鴨居だ。

「出火箇所は二十四階のオフィスフロア。原因は調査中ですが、放火とみられています」

放火と聞き、喜多見は眉に深い皺《しわ》を寄せた。

音羽はホワイトボードの図面を示した。ビル内の炎の勢いがエリアごとにレベル〇から四に色分けされている。

「これより下の階の人々の退避は完了。炎より上層階にいて避難が遅れた人々は展望フロアに集まっています。その数は百九十三名。いまのところ傷病者はいません」

音羽の言葉に、鴨居は安堵の表情を浮かべた。喜多見はその様子をチラリと見た。

「消防隊の消火活動によって延焼は食い止められています。スプリンクラーと排煙装置が作動していませんが原因は調査中。復旧作業を急ぎつつ、平行して、上層階に取り残された人々を屋上から順次ヘリで救助する予定です」

音羽の説明が終わった。

「TOKYO MERの喜多見といいます」

喜多見は手を挙げ、図面で、レベル3の南側非常階段とレベル1の北側の非常階段を指し示した。

「南側は火の勢いが強いようですが、こっちの北側の非常用階段は通れるんですか?」

「消防隊の支援があれば、なんとか通過できます。ただ、火災を止めない限り大勢の脱出は不可能です」

答えたのは消防担当者だ。

「なるほど、では火災が広がる前に、我々MERが上層階まで先行して上り、建物内での医療体制を整えておくべきだと思います」

喜多見は提案した。

「その必要はありません」

すぐに鴨居が反論する。

「YOKOHAMA MERチーフドクターの鴨居です。現状、緊急を要する患者はいない。危険を冒すメリットが見当たりません」

「しかし、今後状況がどう変化するかわかりません。行けるうちに上っておくべきでは？」

「建物の構造上、上層階に火災が広がる可能性は低いですよね」

最悪の事態を見越した喜多見の意見にも、鴨居はあくまでも反対する。

「はい。各階は防火シャッターで間仕切りされています。炎が排気ダクトを通って広がるなどしない限り、延焼はありえないかと」

県担当者が言った。

「仮に上層階で不測の傷病者が出たとしても、屋上からヘリで救助できます。また、スプリンクラーや排煙装置が復旧すれば、非常階段での安全な救助が可能になる」

鴨居がさらに言ったが、

「ですが、命を守るために最大限の手を打っておくべきです」

喜多見も自分の主張を曲げない。

「我々は医者です。救助はプロに任せて、運ばれてきた傷病者の救命に徹するべきです」

鴨居の言葉に、消防の担当者をはじめ、みんなが頷いている。

「待っているだけじゃ救えない命があります」

喜多見は声を上げた。

「待っていなくちゃ、救える命も救えなくなります」

鴨居は主張した。そして、音羽を見た。

「音羽統括官、どうされますか?」

問いかけられた音羽はどうすべきか迷っていた。鴨居の言うことは正論だ。以前の音羽だったら迷いなく鴨居に賛成するだろう。けれど、喜多見とともに数々の危険な現場をくぐりぬけてきた音羽は、喜多見の主張も理解できる。

「ステイですよ。ステイに決まってますよね」

そこに、ベージュのスーツを着た男性が扇子を片手に現れた。

「両国大臣」

音羽は驚き、声を上げた。両国の後ろには、久我山もいる。

「皆さん、ご苦労様です。厚生労働大臣の両国です。気を付けた方がいいですよ。こちらのＴＯＫＹＯ ＭＥＲのチーフさんは、危険を伴う行動で常に現場を混乱させるんです。しかし、我々厚労省がしっかりと監督しますのでご安心ください」

「音羽」

久我山が音羽にプレッシャーをかける。

「鴨居チーフが言う通り、消火活動の進展を待ちましょう」

音羽の言葉に、両国も、その場にいた喜多見以外の担当者たちも、深く頷いた。一人納得できずにいた喜多見のもとに、無線が入った。

『喜多見チーフ。弦巻です』

比奈からだ。

『新たな患者さんが搬送されてきました、中程度のやけどを負った四十代とみられる男性。CO中毒と右上下肢《みぎじょうかし》にコンパートメント症候群が見られます』

清掃員のユニフォームを着た中年男性のようだ。

比奈の報告を聞き、喜多見は頭の中で素早く考えた。

「ERカーに運んでください。冬木先生、CO中毒があるのでラリマの純酸素換気で軽く全身麻酔、ミンさん電メス二セット用意してください。俺も行きます」

そして、前線指揮テントを飛び出した。

「診断『は』、的確なようですね」

その様子を見ていた鴨居が、誰に言うでもなく、だが周囲に聞こえるように言った。

「ＹＯＫＯＨＡＭＡ ＭＥＲの活躍をアピールする絶好の機会だ。東京の勝手にさせるなよ」

両国は、あくまでも横浜の手柄にするのだと、音羽に釘《くぎ》をさす。

「……承知しております」

音羽は不本意ながら頷いた。

「鴨居先生、くれぐれも危険な行為は避けてください。あなたの判断が、これから全国に設置されるＭＥＲの基準になることをお忘れなく」

「どんな時でも、医者はまず自分の命を守らなければなりません」

鴨居の言葉に、両国は満足そうに頷いた。そして、久我山の方を見た。

「マスコミ発表用の資料を用意しておいてくれ。派手なやつな」

両国は扇子で顔をあおぎながら言う。

「承知いたしました」

久我山はこびへつらうように頭を下げた。

火元となったランドマークタワー中層階フロアのオフィスでは、消防隊による消火活動が続いていた。もう火は消え、煙とわずかな炎がくすぶっている程度だ。

オフィスの排気ダクトの下には、清掃員が残していった青いカートが置いてあった。

＊

展望フロア・スカイガーデンに取り残された客たちは、スタッフの誘導に従ってひとつの場所に集められていた。先ほど非常ベルが鳴り響き、火災が発生したという情報に、一時は騒然となったが、今のところ展望フロアはまったく様子が変わっていない。

「火災はほぼ鎮火して、延焼は食い止められています」

スタッフが話し始めると、客たちはみな真剣に話を聞いた。

「安全確認後、非常階段で下りていただきます。ご高齢の方や小さなお子様連れの方は、まもなく屋上に救助ヘリも到着する予定ですので、安心してお待ちください」

経過説明を聞き、客たちは安堵の息を漏らした。修学旅行の中学生たちも、互いに顔を見合わせている。

「よかったぁ……」

床に座っていた千晶も、ふう、と息を吐いた。

てくる」

「そのお腹で階段下りるの大変だから、優先的にヘリに乗せてもらえるように交渉し
夏梅が立ち上がろうとしたが、

「いいよ、私は後で」

と、千晶は慌てて制した。

「あ、MERが来ているみたいだから。一応、報告しておく?」

夏梅は千晶にスマホの出動通知を見せた。

「あの人の助けなんて絶対受けたくない」

千晶が冗談めかして言ったとき、大きな爆発音がし、フロアが揺れた。

「きゃあああっ!」

「うわあああっ!」

客たちから悲鳴が上がり、千晶と夏梅は顔を見合わせた。


爆発は、中層階のオフィスで起きた。

掃除用の青いカートの中には、ポリ袋に入った大量のガソリンが入っていた。カートの下でくすぶっていた炎がジリジリと熱を発し、ガソリンに引火したのだ。排気ダ

クトに炎が流れ込み、配管を伝ってビルの中層階から上方へ炎が駆け巡った。

そして、中層階のほかの階のダクトの下に仕掛けてあったガソリンに引火し、誘爆を繰り返した。

爆発が連続し、そのたびに大きな音と、突き上げるような衝撃が走った。窓ガラスが吹き飛び、ビル中層階から巨大な炎が噴き出した。

ERカーのオペ室で中年男性のオペをしていた喜多見たちも、衝撃音で異常事態を知った。潮見はまたびくりと体を震わせ、怯えている。

「駒場さん、いまのは？」

足の減張切開オペ中だった喜多見は、手を動かしたまま、無線で駒場に問いかけた。手のオペは比奈が担当している。

『大規模な爆発がビル中層階で連続して起きた、炎が一気に上層階に広がっている』

当然、冷静さを保ってはいるものの、駒場もかなり衝撃を受けている様子が伝わってきた。

「なんだよこれ……」

前線指揮テント内のモニターを見ていた両国も、目を疑っていた。周囲では職員たちがバタバタと情報収集している。音羽は消防職員から被害状況を聞き、無線マイクで喜多見と鴨居に呼びかけた。

「中層階で爆発的な火災発生。消防隊員十名以上が爆発に巻き込まれ、現在、搬送中。東京・横浜各MERは傷病者の救命に当たってください」

『横浜・了解』『東京・了解』二人からはすぐに応答があった。


喜多見は足の減張切開を終えた。

「足の方は終わりました。あとは比奈先生に任せます」

「了解」

比奈が頷く。喜多見はオペ室を出て、後部前室から外に飛び出した。ビルを見上げると、中層階から激しい炎が上がり、上層階へ向かっている。喜多見は急いでビルに向かって走った。


「炎による上昇気流と黒煙の影響で、ヘリが屋上に近づけないと報告が来ています！」

消防担当者からの報告を聞き、音羽はすぐに喜多見に呼びかけた。

「喜多見チーフ。状況は？」

『レスキュー含め負傷者二十名以上さらに増えています』

消防隊員たちが次々とビルから運び出されている様子だ。

『鴨居です。至急、救急車両をビル正面エントランス前に集めてください』

鴨居からも切羽詰まった声が返ってくる。

「了解。応援の医療従事者も手配します。それまでなんとか持ちこたえてください」

音羽は無線を切り、すぐにテント内の消防担当者に告げた。

「安全距離確保のためドックヤードガーデンから退避、日本丸メモリアルパークを一時救護所とします」

ランドマークタワーは一本道を隔ててすぐ海だ。隣にある日本丸メモリアルパークは昭和五年に建造された帆船、日本丸の展示ドックになっている。

「はい」

消防担当者は頷いた。

「熱傷とCO中毒の重症患者を受け入れ可能な病院を、至急リストアップしてください」

「はい」

消防担当者とともに、県の担当者も急いで指示に従う。

「おい、楽勝じゃなかったのか⁉」

両国が音羽を責めるように言った。

「展望フロアの百九十三名は脱出ルートを失い、完全に孤立したことになります」

音羽は内心焦りながらも、冷静に答えた。


展望フロアにうっすらと煙が漂い始めた。

「おい、煙だぞ……」

どこかから、声が上がった。千晶も呼吸が苦しくなり、咳《せ》き込んだ。

「千晶さん、大丈夫？」

顔をのぞきこんでくる夏梅に、千晶は頷き返すことしかできない。

「下に炎が見えるぞ！」

壁一面の大きな展望窓から下をのぞきこんでいた客が、声を上げた。ほかの客たちも窓辺に押しよせた。

「炎が来る！」

「屋上に出せ！　ヘリが来るんだろ！」

客たちは悲鳴を上げ、非常口のほうに走りだした。あっという間に、フロア中がパニックに陥る。

「落ち着いてください！　状況を確認中です！」

「押さないでください！」

ビルスタッフたちが制したが、客たちは聞いてはいない。我先にと非常口に殺到した。自分さえ助かればと、周りの人を突き飛ばして進んでいく客もいる。

夏梅は千晶が巻き込まれないよう、覆いかぶさるようにしてかばった。一人が落ちていたビニール袋を踏んで倒れ、将棋倒しになり、「どけ」「押すな」「痛い」などとあちこちから声が上がる。

「大丈夫ですか！」

夏梅は傷病者に駆けよった。

「私たちは医療従事者です。医療セットはありますか？」

千晶も気丈に立ち上がり、ビルスタッフに尋ねた。

「は、はい」

ビルスタッフが非常用の簡易医療セットが入った鞄を持ってくる。夏梅と千晶は少ない資材で必死に負傷者の手当てを始めた。その姿を、少し離れた場所から修学旅行中の中学生たちが見ていた。

「ここよ！　早く助けて！」

屋上に駆け上がった客たちは、上空で旋回しているヘリコプターに向かって手を振った。

パイロットは必死に操縦桿を握ったが、機体の状態を保つことができない。

「炎による上昇気流で機体が安定しません！　近づくのは危険です‼」

パイロットは隊長に報告した。

「こちらはまちどり1、現場を離脱する」

隊長は無線に報告し、ヘリコプターは現場から離れた。

「おい！　待ってくれ！」

「見捨てないで‼　助けてぇ！」

オペ室内のモニターにはビル火災の映像が映し出されていた。比奈たちは集中してオペを続けていたが、潮見はモニターをチラチラと気にしていた。

「バイタル正常。意識戻ってきてます」

冬木がモニターの数値を見て、報告した。

「ラリマ抜去してCO中毒の重症度を評価してもらえますか？」

比奈が言う。

「大丈夫ですか？　わかりますか？」

冬木は目を開けたオペ台の中年男性に声をかけた。

「火事で火傷《やけど》を負って、運ばれてきたんですよ」

意識を取り戻しているか確認すると、男はモニターに映る炎に包まれたビルを見てうっすらと笑った。

「……完璧だ……」

その不気味な笑みに、比奈たちは静まり返った。

「俺がガソリンをしかけて排気ダクトを使って延焼させた。上層階にはまだガソリンがある。火災はもっと広がる」

「……あなたが放火したんですか？」

「なんでこんなこと……」

冬木と潮見が声を上げた。

「死にたいんだ。もう殺してくれ」

「……なんだよそれ」

潮見は怒りに震えていたが、

「冬木先生、酸素と鎮静を再開してください」

比奈は冷静に対処した。

「了解」

冬木も同様だ。

「右手の減張切開、追加します。ミンさん加温輸液全開、電メス20－20に下げてください」

「了解」

ミンも淡々と頷き、比奈たちはオペを再開した。その様子を、潮見は信じられないといった表情で見つめている。

「……助ける価値があるんでしょうか？」

潮見のつぶやきには反応せず、比奈はミンに次の指示を出した。

「ミンさん、熱傷パッドと温生食《おんせいしょく》ガーゼ」

「温生食ガーゼ作ります」

ミンが頷く。

「なんでそこまでするんですか⁉　こんな奴のために！」

潮見は感情を抑えきれずに叫んだ。

「潮見先生、命を救う気がないなら出て行ってください」

比奈は言った。どんな人間であっても、今この状況に至った状況とは関係なく、ただ目の前の命の危機には手を差し伸べる。それが医者だ。もちろんその是非は問われるだろう。だが比奈たちは医師としての姿勢を喜多見から学んだ。

もちろん、潮見の気持ちはわかる。

二年前、喜多見がテロリストの椿のオペを始めようとしたとき、音羽が「こんなやつを救う価値なんてありません。助けたらまた誰かを殺すかもしれない」と反対した。

「涼香さんを殺したヤツですよ、忘れたんですか」と――。

メンバー全員が音羽と同じ気持ちだった。

だが喜多見は「目の前の命を見捨てたら、俺は医者じゃなくなります」と言い、オペを決行した。比奈たちも葛藤を抱えながら、オペに加わった。椿は一命をとりとめたが、メンバーたちは喜べなかった。

「こんなことに意味があるんでしょうか」と、音羽は泣いていた。

喜多見はわからないと答え、「でも、命を救えてよかったと、今は思っています」とほほ笑んだ。

あのときは、メンバー全員、涙を流した。

目の前の命……。ただそれだけに集中する。

今、比奈もあのときの喜多見と同じ気持ちでオペに臨んでいた。

「……比奈先生」

潮見は比奈を見た。だが比奈はオペに集中していた。冬木とミンは二人のやりとりにはかまわずに淡々と自分の仕事をしていた。


夏梅と千晶は負傷した人々を手当てしていた。周りの人々は相変わらずパニック状態で、落ち着かない。

そのとき、夏梅の近くで年配の女性が倒れた。

「おばあちゃん？　おばあちゃん！」

手をつないでいた男の子が声を上げた。

「看護師です。大丈夫ですか？」

夏梅がすぐに女性に駆け寄った。頭部外傷があり、意識がない。

「高輪先生！　橈骨微弱で、瞳孔不同出てます」

夏梅はすぐに千晶を呼んだ。

「医師の高輪といいます。ちょっと診させてもらいますね」

千晶が診察している間、夏梅は男の子に声をかけた。

「何があったの？」

「押されて、おばあちゃんが僕を守ってくれて、壁にぶつかった」

男の子は小学校一年生ぐらいだろうか。倒れたのは、祖母だという。

「大丈夫だよ」

夏梅は今にも泣きだしそうな男の子を元気づけた。千晶は診断を終え、すぐにスマホを取り出し、喜多見に電話をかけた。

＊

爆発に巻き込まれた消防隊員たちが、ビルから続々と運び出されてくる。喜多見は鴨居たちYOKOHAMA MERのメンバーたちと、必死に治療にあたっていた。

と、スマホが鳴った。千晶からだ。どうすべきか一瞬迷ったが、処置を続けながらスピーカーホンで出た。

「悪い、いま横浜で」

すぐに切ろうかと思ったが、

『ランドマークでしょ。私は夏梅さんと展望フロアにいる』

千晶が早口で言った。

「……大丈夫か⁉」

まさか千晶が現場にいるとは。喜多見は息を呑んだ。

『パニックで将棋倒しが起きて十名以上負傷者が出ている。骨折で動けない人が四名、頭部外傷と骨盤動揺、左大腿部腫脹《しゅちょう》がある高齢女性一人が、血圧が下がって瞳孔不同が出てる』

厳しい状況を聞き、さすがの喜多見も表情が曇ったが、千晶の声は落ち着いていた。

「わかった。千晶は大丈夫なんだな？」

『夏梅さんもいるし、私は平気。他の患者さんを心配して』

千晶はしっかりした口調で言い、自分から電話を切った。

電話を切ると、腹部に激しい痛みが走った。お腹が張っている。切迫早産の兆候が表れ始めているようだ。辛《つら》くなり、千晶は腹部を押さえた。

「千晶さん、大丈夫？」

夏梅が声をかけてきたので、頷いた。だが、苦しい。

「しばらく安静にしてて」

夏梅は千晶の腰を触り、じっとしているよう促す。

「……平気。気道確保しないと」

千晶が呻《うめ》きながら言うと、夏梅は迷いを見せつつも、処置を続けることを選択した。

「……骨盤ラッピングします」

夏梅はTシャツの上に羽織っていたシャツワンピースを脱ぎ、ラッピングを始めた。

「お願い」

千晶は必死で自分の気力を奮い立たせた。


前線指揮テントのモニターには、延焼するビルが映し出されていた。さらなる爆発も起き、そのたびに激しい揺れが起こる。

「炎の勢い止まりません。上層階へ延焼し続けています」

消防担当者が声を上げた。

「延焼を防げる構造じゃなかったのか⁉」

両国が尋ねたが、担当者からの答えはない。

「展望フロアの状況は？」

音羽は尋ねた。

「煙が出てパニックになっているという報告はありましたが、それ以降、つながりません」

県の担当者が答えたとき、喜多見が駆けこんできた。

「音羽統括官、展望フロアで将棋倒しが起きて十名以上の負傷者が出ています。高齢女性が一人、頭部外傷と骨盤動揺、左大腿部腫脹で血圧低下、瞳孔不同が出ています」

「なんだ、どういうことだ？」

両国が喜多見と音羽を見る。

「すぐに頭を開いて、中の出血を取り除かないと助かりません」

音羽は両国に怪我をした女性の状態を説明し、

「喜多見チーフ、どこでその情報を？」

と、喜多見に尋ねた。

「高輪先生と夏梅さんが展望フロアにいて治療に当たっています」

喜多見は音羽だけに聞こえるよう、声を潜めた。冷静沈着な音羽だが、千晶たちがいると知り、目を見開いて喜多見を見た。

「音羽統括官、俺を行かせてください」

喜多見は直訴した。

「ダメだ、私のいる場所で勝手な行動は許さないよ」

両国が音羽の判断を待たずに言った。

『鴨居です。今、中に入るのは自殺行為です』

無線から鴨居の声が聞こえてくる。

「待っている時間はありません」

喜多見は真剣な表情で音羽に訴えた。

『都知事の赤塚です』

そこに、都庁の危機管理対策室から無線が入った。

『TOKYO MERは都知事直轄の医療組織です。責任は私がもちます。喜多見チーフを展望フロアへ至急派遣してください』

赤塚が指示をしたが、

「あの炎をどうやって突破する？　消防の助けが必要だが、大きな被害を受けていてそれどころじゃないでしょう」

両国は即座に却下した。消防担当者も、なす術なくうつむいた。

「我々が支援します」

そこに声がし、テント内に男たちが入ってきた。

「千住隊長……」

喜多見が声を上げた。千住が隊員たちを引き連れ、立っている。

「東京消防庁即応対処部隊の千住です。都庁危機管理対策室の要請に従い参りました」

千住をはじめ、隊員たちはみな、すぐに救助に向かいたいという顔つきで、指示を待っている。

「東京……」

両国は何やら考えていた。音羽も葛藤していた。その様子を、喜多見がじっと見ている。

「TOKYO MERは、至急、展望フロアに上り傷病者の救助に当たってください」

音羽は決断した。

「了解」

喜多見と千住隊は飛び出していった。

「よろしいので?」

久我山は両国の顔を見た。

「ＴＯＫＹＯ ＭＥＲが自滅すれば、すべて赤塚の責任だ。死者が出ようが知ったこっちゃない」

「……さすがは両国大臣」

口ではそう言いつつも、ついに耐え切れなくなったのか、久我山は両国に見えない角度で嫌悪感を露《あら》わにした。

比奈たちは放火犯だと自供した男性の処置を終え、救急隊員に引き渡した。

「酸素15リットルで乳酸リンゲルを時間３００で投与しながら搬送してください」

その様子を、負傷した消防隊たちの治療をしていた鴨居たちＹＯＫＯＨＡＭＡ ＭＥＲのメンバーが見ていた。

「今回の火災の放火犯を全力で救ったらしいです……」

元町が告げ口をするように鴨居にささやいたとき、喜多見が走ってきた。

「展望フロアに緊急穿頭《せんとう》が必要な患者さんがいることがわかりました。千住隊の支援を受けて今から俺が上がります。ここはみなさんに任せますね」

「あの中に……」

潮見がビルを見上げ、身をすくめた。

「待ってください、一人でなんて無謀です」

比奈は、今にもビルに向かって駆け出して行こうとしている喜多見を止めた。

「中には百九十三名がいるんですよね」

「私たちも行きます」

冬木とミンが言い、

『俺もすぐに合流します』

と、少し離れた場所にいる徳丸も無線で言った。

「上には高輪先生と夏梅さんがいることがわかりました。三人で連携して救命にあたります」

千晶と夏梅が上にいる。喜多見からの報告に、比奈たちメンバーはさらなる衝撃を受けた。喜多見の声は無線を通じ、赤塚や駒場らのいる都庁危機管理室にも届いているだろう。

「私たちも行きます、三人だけでは対応しきれません」

比奈は訴えた。

「仲間のためとはいえ、感情で動くのは危険です」

喜多見は説得しようとしたが、

「チーフ、より多くの人を救うために行くんです」

冬木が遮った。ミンと比奈も決意の表情で喜多見を見ている。喜多見はしばし考え、口を開いた。

「CO中毒や外傷の患者さんが多数いると予想されます。小型酸素ボンベと点滴を多めに用意。AEDモニターは一台で構いません。階段を上るので最小限の軽装備で」

「了解」

比奈たちメンバーはヘルメットをかぶり、準備を始めた。

「鴨居チーフ、ここは任せても大丈夫ですか」

喜多見は鴨居に声をかけた。

「もともと私たちだけで充分です」

鴨居の皮肉のこもった返答にかまわず、喜多見たちは駆け出した。


危機管理対策室の駒場は、無線で千住と会話をしていた。

「北側の非常階段からアタックをかけろ。まだ炎の勢いが小さい」

『了解。ただ、百九十三人の脱出にはスプリンクラーと排煙装置の復旧が不可欠です。状況は？』

千住の声が返ってくる。

「現在、横浜市消防局とビル管理会社が修復方法を調査中だ。まずは、展望フロアでの救命活動にあたってくれ」

駒場は祈る思いで言った。

「MER了解、出動します。行きましょう！」

喜多見は駒場の指示に応えた。MERのメンバーたちと千住隊はビルに向かって走り出したが、後方で何かを落とした音がした。メンバーたちが振り向くと、ヘルメットを落とした潮見が慌てて拾おうとしていた。だがその手つきは実に覚束《おぼつか》ない。明らかに動揺している潮見に、さらなる爆発音が浴びせられる。潮見はビクリとして顔を上げた。激しい炎に包まれたビルを見て、潮見は完全に身動きが取れなくなってしまっていた。

「潮見先生、先生はここに残って搬送支援をお願いします」

喜多見は潮見の気持ちを察し、指示を出した。比奈、冬木、徳丸、ミンも潮見に頷き、自分たちは現場へと歩き出す。残された潮見は自分を情けなく思いつつも、どうにも足が動かなかった。

喜多見たちの覚悟の背中を見送っていた鴨居は、改めて目の前の患者に集中した。

「気道熱傷の患者さん、早期搬送して」

「了解。酸素投与もします」

指示された元町は、すぐに処置を始めた。

*

展望フロアの煙はさらに濃くなっていた。全員がゲホゲホと咳き込み、恐怖に怯えている。千晶も時折咳き込みながら、倒れた女性の処置を続けていた。

「高輪先生！　患者さん橈骨微弱になってます！」

夏梅が声を上げ、千晶は頸動脈に触れる。

「呼吸が弱い……」

二人の間に、一気に緊張が走った。

「両足上げて血圧維持します」

千晶は指示をした。

「手伝います」

夏梅が女性の足を上げた。深刻な雰囲気を察したのか、意識のない祖母の手を握っている男の子は、泣きだしそうだ。

「もうすぐだよ。もうすぐ助けが来るからね」

千晶は張ってくる腹部の痛みを我慢し、男の子を励ました。


正面エントランスから入っていった喜多見たちは北側非常階段に出る重い扉を開いた。非常階段には階数を示す表示がある。その表示が二十階を超えたあたりまで来ると、炎が行く手を遮った。

「俺たちが一時的に炎を食い止める。その間に駆け抜けろ」

千住が喜多見に言った。

「了解！」喜多見は頷く。

「喜多見チーフ、俺はここに残って千住さんたちとスプリンクラーと排煙装置を確認します」

徳丸は言った。百九十三人の脱出にはスプリンクラーと排煙装置の復旧が不可欠だということとは、先ほどから千住も主張していた。

「お願いします」

喜多見は徳丸に頷いた。千住隊と徳丸が身を挺《てい》して、防火シートで炎を一時的に食い止める。

「いまだ！　突っ切れ！」

千住の声で、喜多見たちＭＥＲのメンバーは、駆け上がった。だがすぐに押さえていた千住たちは炎で吹き飛ばされた。炎が再び階段を包み込み、喜多見たちと千住たちは上と下に分断されてしまった。

「スプリンクラーを復旧させたら必ず助ける！」

千住が喜多見に叫んだ。千住の言葉を信じ、喜多見は先頭に立って、全速力で展望フロアに向かった。

＊

展望フロアではビルスタッフたちが水や毛布を配っていた。だが煙はどんどん濃くなり、客たちは咳き込み、ぐったりしてきた。

「大丈夫ですよ、必ず助けが来ますからね」

夏梅は声をかけながら、女性の処置を続けた。

「夏梅さん！　ポケットマスク持ってきて」

千晶が言う。

「おばあちゃん……」

男の子は祖母の手を握り続けた。

夏梅は簡易医療セットの中からポケットマスクを取り出して千晶に渡した。千晶はマスク越しに息を吹き込み、人工呼吸を始めたが、腹部の痛みに耐えきれずにうずくまった。

「千晶さん！」

夏梅が止めようとしたが、千晶はそれでも人工呼吸を続けた。

「ＡＥＤつけて」

千晶の指示に、夏梅はフロアに会ったＡＥＤをつなぎ、女性の頸動脈に触れた。

「頸動脈触れません。心停止！」

「おばあちゃん！」

男の子が叫んだ。

「ショックします、離れて」

夏梅が言い、千晶は男の子を祖母から離した。ＡＥＤを作動させたが、脈は回復しない。

「心拍戻りません」

夏梅が言い、千晶は心臓マッサージを始めた。夏梅が人工呼吸を交代し、ポケットマスク越しに酸素を送る。

「おばあちゃん！」

男の子のためにもと、千晶はお腹の痛みをこらえて必死に心臓マッサージを続けた。だが心拍は戻らない。男の子は祖母の手を握り、泣いている。千晶と夏梅がやりきれない気持ちで呆然とその姿を見つめていると、バタンと非常階段に続く扉が開いた。

「みなさん、助けに来ました！　医療チームが到着します！　もう安心ですよ！」

喜多見だ。

「ＭＥＲだ……」

中学生たちが声を上げた。

「マジか、七十階を階段で来たのか？」

「なら避難できるんじゃ」

ほかの客たちから希望の声が上がる。

「今はもう通れません。スプリンクラーが復旧すれば通れるようになるので、それまでもう少し待ってください」

喜多見の説明に、客たちの表情は失望の色に変わった。

「喜多見チーフ‼」

夏梅は叫んだ。喜多見が気づいて駆け寄ってくる。

「千晶⁉」

喜多見は腹部を押さえる千晶に声をかけた。

「私はいいから患者さんを！」

千晶は手をさしのべようとする喜多見を制した。

「外傷ショックの患者さん心停止しました。ＡＥＤ一回作動後、ワンサイクルです」

夏梅が報告すると、喜多見は持参したＡＥＤモニターに付け替えた。

「夏梅さん、アンビュー」

指示を出しながら喜多見はアドレナリンを用意して投与した。

「もう一度ＡＥＤ使います。離れて」

喜多見はＡＥＤをセットして作動させた。心臓マッサージを始めると、モニターに反応があった。千晶が苦しみながらも手を伸ばし、女性の頸動脈に触れる。

「心拍再開」

千晶の言葉に、男の子が「おばあちゃん」と、声を上げる。

「僕、お名前は?」

喜多見は少年にヘルメットをかぶせ、名前を尋ねた。

「翔馬《しょうま》」

少年は星川《ほしかわ》翔馬。祖母は広子《ひろこ》だという。

「翔馬くん、おばあちゃんね、頭の中に溜まっている血を抜かないといけないんだ。いまから手術するからね。翔馬くんもがんばれる?」

「うん」

喜多見の言葉に、翔馬は頷いた。

「……おばあちゃんがんばれ!」

そして、しっかりとした口調で言った。

「穿頭血腫除去術を行います。夏梅さん酸素と点滴、急速投与」

「了解」

喜多見と夏梅はいつものようにてきぱきと動き始めた。

「大丈夫。もう安心だよ」

千晶が声をかけたとき、視線の先に比奈たちが現れた。冬木もミンも到着した。ここまで上がってきたのだから当然だが、みんな汗だくで、肩で呼吸をしている。

「冬木先生、ミンさん、こちらのエリアのトリアージ。CO中毒と体幹四肢外傷にも注意しましょう」

比奈が指示をする。

「了解!」

冬木とミンも、しっかり応えた。

「TOKYO MERのドクターです! 意識のない方からトリアージします!」

比奈は不安そうに見守る客たちに声をかけ、トリアージを開始した。


喜多見は夏梅と千晶のサポートを受けながら、器具を頭部に当てて手動でゆっくりと穴を開けていった。時折血が飛び散る。慎重に穿頭血腫除去術を続け、ようやく血腫の除去に成功した。喜多見はそのまま頭部を保護した。夏梅が瞳孔を確認する。

「瞳孔不同なくなりました」

「……おばあちゃん頑張ったよ。翔馬くんが呼びかけてくれたおかげだ」

喜多見は翔馬を褒めた。

「おばあちゃん！」

翔馬が声を上げた。

「喜多見チーフ！　赤タグ十二名、黄色タグ二十一名です」

トリアージを終えた比奈が声をかけてくる。

「赤タグの患者さんに資機材を集中しましょう」

喜多見が言ったとき、下方から新たな爆発音がし、床に激しい振動があった。

「きゃあああっ」

あちこちから悲鳴が上がる。

「こちら喜多見、展望フロアに到着。新たな爆発ですか？」

喜多見は駒場に呼びかけた。

『新たなガソリンに引火したと考えられる。炎がさらに上層階に広がっている』

駒場の応答を聞いたのと同時に、展望フロアの窓から下を見ていた客が、声を上げた。

「火が近づいて来てるぞ！」

その声をきっかけに、しばらくの間、落ち着いていた客たちが騒ぎだした。

「助けてくれ！」

「ヘリしかないだろ！　早く呼べよ！」

「消防隊はなにやってんのよ！」

「医者が来たって意味ないじゃない」

口々に不満をもらし、ビルスタッフに詰め寄る客も現れた。

「落ち着いてください！」

ビルスタッフが叫んだが、客たちはパニックになっていて言うことを聞かない。混乱を極めるフロアで、喜多見たちはそれでも必死に傷病者の処置など、医療活動を続けた。

「ミンさん、動ける方、そっちに誘導してください」

と喜多見の指示にミンは「了解」と従い、倒れ込んでいる人たちのもとへいき、手を貸した。中学生たちはそんなメンバーたちの行動を、じっと見ていた。


鴨居と横浜チームは日本丸メモリアルパークの一時救護所で傷病者のケアを続けていた。無線からは散発的な爆発音や展望フロアの悲鳴、喜多見たちが必死に奮闘している声が聞こえてくる。鴨居たちYOKOHAMA MERのメンバーたちは、中の様子が気になっていた。

無線が気になるのは、鴨居たちの近くで救急隊の搬送を手伝っていた潮見も同様だった。自分以外のメンバーたちの奮闘する姿に、情けなくなると同時に、悔しさが込み上げてくる。

『危機管理対策室から喜多見チーフへ。スプリンクラーの復旧方法がわかった』

そのとき、駒場の声が聞こえてきた。

『神奈川県警から連絡が入った。三十五階の制御室を破壊したと放火犯が自供したそうだ』

先ほどERカーでオペをしたあの中年男性だ。

『今、千住たちが復旧作業をしている。十分後に稼働する見通しだ。ただし、システムの損傷が激しく、水の供給が不安定になる可能性もある。なるべく早く避難を完了できるように、中層階まで移動を始めてくれ』

駒場が言うと、喜多見の『了解!』という声が聞こえてきた。

「よし!」

潮見は拳を握って、控えめなガッツポーズをした。

＊

喜多見は改めて、展望フロアに残された客たちに向かって声を上げた。

「みなさん聞いてください！　十分後にスプリンクラーが稼働します！　炎が弱まった隙に下に脱出しますので、このあと全員で北側の非常階段を下ります」

喜多見が全部言い終わる前に、

「おお！　逃げられるぞ！」

と、数名が非常階段に向かって走りだした。

「子どもやお年寄りの方が優先です！　動ける方は搬送を手伝ってください！」

比奈も声を上げたが、誰もが自分が助かることしか考えていない。

「冬木先生、ミンさん、担架になるもの持ってきて！」

喜多見は叫んだ。

「了解！」

冬木たちは、係員から配られたのであろう毛布が床に放置されているのを見つけた。

「毛布で即席の担架を作りましょう」

冬木がミンに言った。

しかし、出口に向かって次々詰めかける人々の足に踏み荒らされ、とても拾い上げられる状況ではない。

「踏まないでください、毛布踏まないいください」

「足元の毛布を取りたいので」

ミンと冬木が叫ぶように懇願するが、我先に逃げようとする人々の耳には届かない。なすすべもなく、混乱を見つめていると、二人の背後から声がかかった。

「あの、手伝います」

見ると、中学生たちが一枚の毛布を差し出している。

「ありがとう」

冬木は笑顔で礼を言い、

「じゃあ、そこの箒《ほうき》を取ってくれるかな」

冬木は棒状のものや布を探してくるよう頼んだ。

「はい」

「もっといっぱい探そう」

「これでいいですか！」

中学生たちが置いてあった箒などを手にして、冬木たちを手伝い始めた。その姿に気付き、逃げようと騒いでいた大人たちはようやく足を止めた。

「こんな状況ですからね。慌ててしまうのは当然ですよ」

冬木は作業しながら言った。

「だけど、みんなで助け合えば大きな力になります。手を貸してください。全員で脱出しましょう」

と、フロア全体に語りかけた。しばしの沈黙の後で、見ていた大人たちの中の一人が口を開いた。

「……手伝います……」

「私も……」

「何すればいいっすか?」

さっきまで自分勝手なことを言っていた大人たちは、恥ずかしそうに冬木に尋ねてきた。

「じゃあ、毛布と棒を集めてください」

と冬木は答えつつ、喜多見と視線を合わせ、力強く頷いた。

「それから、怪我人や高齢の方は長い階段を下りることができません。椅子などを使って運んでください!　チームを組んで交代で。担架を使う場合は必ず固定してください!」

喜多見が声を上げた。客たちは喜多見や冬木の指導に従って担架を作り、傷病者を寝かせた。椅子を探してきた客たちは、お年寄りや子どもを座らせた。

前線指揮テントの音羽は、無線マイクに向かって言った。

「十分後、スプリンクラーと排煙装置の稼働と同時に、百九十三人の人々とＭＥＲのメンバーが北側非常階段から地上を目指します」

音羽の言葉は、鴨居たちの手当てを受けている消防隊員たちにも聞こえていた。

怪我を負って倒れている消防隊員たちの様子をモニターで見た音羽は、一度は言葉を飲み込んだ。だが、やがて振り切るように言った。

「消防隊の皆さん、動ける方は救助に向かってください」

音羽の声を聞いた手当中の隊員たちは表情を引き締め、酸素マスクや点滴を外して起き上がった。

「今動くのは危険です」

鴨居は慌てて止めた。鴨居が手当てしていたのは横浜市消防隊の隊長だ。

「今行かないでいつ行くんですか。上るぞ」

隊長が声をかけると、立ち上がっていた隊員たちが「了解！」と、声を合わせた。

自らも傷ついていてビル内から救助された横浜市消防隊が、再びビルの入り口に向かって走っていく。鴨居たちは困惑しつつも、頼もしい彼らに圧倒され、ビルに入っていく後ろ姿を見送っていた。

そんな消防隊員たちの姿を目の当たりにした潮見も、困惑の色を隠せずにいた。

＊

展望フロアに取り残された客たちは、北側非常階段から下り始めた。先頭はビルスタッフ、そして、比奈とミンだ。その後ろに子ども連れの親子や、お年寄り、自ら動ける傷病者らが続き、さらに動けない傷病者を乗せた担架や椅子が続く。最後尾は広子を乗せた担架を持つ喜多見と冬木、そして千晶と夏梅だ。

「おばあちゃんは？」

翔馬はミンに連れられ、先頭で階段を下りていた。

「大丈夫。後で必ず会えるからね」

安心させるように翔馬に声をかけていたミンが、前方で火が上がっていることに気づき、ハッと息を呑み、足を止めた。隣にいた比奈も同様だ。

「比奈先生どうしました？」

動きが止まったので、喜多見は無線で先頭に問いかけた。

『五十六階まで火が回ってます。これ以上は下りられません！』

比奈の声に焦りと恐怖がにじんでいた。また爆発が起こって炎と煙が強くなり、行く手を阻んでいる様子だ。

「千住さん！　スプリンクラーと排煙装置は⁉」

喜多見はさらに無線に呼びかけたが、千住の返事はない。

「千住さん！　聞こえますか？」

煙が上がってきて、まわりの人たちが咳き込みはじめた。

「千住さん！　徳丸くん！」

呼びかけた瞬間、排煙装置とスプリンクラーが稼働した。煙も薄まっていく。スプリンクラーの水を浴びて濡れながらも、階段を下りていた人々から歓声が上がった。


千住隊は三十五階の制御室で、炎と煙の中、懸命に作業していた。

「待たせたな」

千住は無線マイクに言った。

「急いで通過してください。俺は別の階の配電盤も確認しておきます」

配線盤のスイッチを稼働させていた徳丸も、喜多見たちに呼びかけた。

「行きましょう！」

比奈は再び進む決断した。

「水で滑るので気を付けてください！」

ミンが声をかけ、率先して下りていく。しばらく進むと、千住隊と横浜市消防隊が駆け上がってきた。

「千住さん！」比奈は救いを求めるように声を上げた。

「搬送補助が必要な人は引き受ける！」

千住隊と横浜市消防隊が幼い子どもや傷病者、高齢者を引き受け、次々に下りていく。翔馬も抱きかかえられ、下りていった。傷病者を運んでいた一般客たちも身軽になり、階段を下りるスピードが上がる。

「頭部外傷の患者さんです。頸椎《けいつい》カラー装着して慎重に」

比奈は辰巳《たつみ》に重症患者を引き渡した。

「了解」

辰巳が頷き、湊《みなと》、小菅《こすげ》、戸越らと運んでいく。

喜多見と冬木は広子を乗せた担架を手に、慎重に階段を下りていた。

夏梅と千晶も、お腹をかばいながら一歩一歩、ゆっくり階段を下りる。前方の人々はいなくなってしまったが、喜多見たちのスピードは上がらず、移動に時間がかかっていた。階段の表示を見ると、四十四階だ。まだ先は長い。

と、その時、スプリンクラーが停止した。階下に炎が見え始め、煙が立ち込めてくる。

「こちら喜多見、スプリンクラーと排煙装置が止まりました！」

喜多見は無線に呼びかけた。

『システムが損傷していたんだ』

駒場の悔しそうな声が返ってきた。

『徳丸です、もう一度復旧できるかやってみますが、時間が必要です』

さらに徳丸の声もする。

『今のうちに危険エリアを突破してくれ』

駒場に言われ、可能な限りスピードを上げて階段を下りたが、下方の階段の隅に少しの炎が見え、足を止めた。

「道がふさがっています」

夏梅が千晶を支えながら言った。

「了解、障害物をどかします！」

冬木は踊り場に担架を降ろし、崩れ落ち、道を塞いでいた鉄骨をどかし始めた。

しかしその時、火花が散り、新たな爆発が起きた。上から鉄骨が落ちてくる。夏梅は鉄骨からかばうため、咄嗟《とっさ》に千晶を突き飛ばした。その反動で自分は階下に落ちていった。すさまじい衝撃によって非常階段が数段、鉄骨ごと崩落し、上下に分断されてしまった。

「夏梅さん！」

千晶が叫んだ。

「大丈夫ですか！」と喜多見が呼びかけると、

「……平気です。千晶さんは⁉」

夏梅は怪我をした腕を押さえ、上を見た。分断された階段の向こうで、千晶が頷く。夏梅の咄嗟の判断で、千晶は鉄骨の下敷きにならずに済んだ。だが上に喜多見と千晶と広子が取り残され、下に冬木と怪我を負った夏梅がいる状況だ。

「喜多見チーフ！　そちらは無事なんですか⁉」

冬木が鉄骨をどかそうとしたが、炎の勢いが強くなり、近づけない。

「ここはもう危険です。俺たちは別ルートで下りますので、冬木先生と夏梅さんは、先に下に逃げてください！」

　喜多見は二人に言った。

「でも」

　夏梅は戸惑っていたが、

「下に向かった患者さんたちのケアをお願いします！」

　喜多見は力強く指示をした。

「……了解」

　冬木は悔しそうに唇を噛みながらも喜多見の命令に従い、負傷した夏梅を連れ、下のフロアを目指した。


　崩落した北側の階段を諦めて南側に移るため、喜多見は広子を抱きかかえ、千晶と三人で四十四階のフロア内に入った。

「あった」

　とりあえず広子を椅子に下ろす。喜多見は暗い事務室の中を進み、南側の非常階段を見つけた。スプリンクラーが一時的に作動したことで炎は出ていない。

「よし、南側が通れる」

喜多見が言ったとき、広子のサチュレーションモニターのアラート音が鳴った。

「血圧が下がってる」

千晶が点滴を急速投与し、喜多見がバッグバルブマスクで換気を行った。

「早く輸血と止血オペをしないと危ない」

「急ごう」

喜多見は千晶を促した。

「うっ」

千晶はお腹を押さえ、うずくまった。

「千晶⁉　大丈夫か？」

喜多見はすぐに駆け寄った。

「患者さんを先に運んで。私が一緒だと時間がかかる」

千晶は言ったが、喜多見は迷った。

「何やってるの！　その女性はあと三十分ももたない」

たしかにそうだ。だが、切迫早産の可能性もある千晶を一人で置いてはいけない。

「あなたはＭＥＲのドクターでしょ！」

千晶は苦しみながらも、声を上げた。

「でも千晶が……」

「私はまだ大丈夫。一人の医者としての判断よ。早くこの患者さんを運んで」

一人の医者として言っているのであれば、千晶の決意は変わらないだろう。その強い目を見ればわかる。二人は互いに目に涙を浮かべ、見つめ合った。喜多見はたまらなくなり、千晶を抱きしめた。千晶も喜多見の背中を抱き返してくる。

「必ず戻ってくる」

喜多見が言い、千晶もしっかりと頷いた。喜多見は立ち上がり、広子を抱えた。

「階段は滑って危ないからここにいて」

千晶に言い、広子を抱えた喜多見は南側非常階段へ飛び込んでいった。


一人残った千晶は、酸素ボンベを吸いながら、安全な場所を探して歩きはじめた。が……異臭に気付いてふと立ち止まった。視線の先には、青い清掃用のカートがある。中にはガソリンらしき液体の入った透明の袋が見えた。部屋のあちこちにはまだ小さな炎がくすぶっている。引火したらとんでもないことになる。

千晶はカートから離れるため、力をふり絞って走りだした。同じフロア内に、区切られた小さな会議スペースがあった。そこに飛び込んで身を伏せた瞬間、爆発が起きた。爆風に吹き飛ばされた千晶は壁に頭を打ちつけ、気を失った。

喜多見は南側非常階段を急いでいた。

「こちら喜多見、頭部外傷穿頭後で骨盤骨折、左大腿動脈損傷の患者さんを抱えて、南側の非常階段を下りています。至急輸血とオペが必要です。応援を送ってください！」

すがるような思いで、無線に呼びかける。

『東京チームは北側非常階段を下りている途中で、行けない！』

駒場が応答した。

「四十四階に妊娠三十二週目の妊婦が取り残されています。切迫早産の兆候が見られ動けない状態です。俺は助けに戻らないといけません、誰か応援をお願いします！」

喜多見は可能な限りスピードを上げながら、階段を下りた。

鴨居たちは一時救護所で、喜多見の荒い息遣いと必死の声を聞いていた。鴨居はたまらず、無線で音羽に問いかけた。

「鴨居です。音羽統括官、どうしますか？」

前線指揮テント内の音羽も苦悩していた。すこし前までは仲間としてともに現場で救命に当たっていたのだ。

音羽が無線マイクを握ろうとすると、スッと手が出てきてマイクを覆った。

「今は地上の救命も手が足りてない。横浜は、動かせない」

両国の目に、隠し切れない笑みが見えた。

*

比奈たちは千住隊とともに重傷患者を運びながら、北側非常階段の二十六階まで下りてきた。

「比奈先生！」

そこに、上から呼びかけられた。

「冬木先生」

比奈が振り返ると、冬木と夏梅が下りてくる。

「夏梅さん、その怪我……」

ミンが夏梅の怪我を見て驚いていたが、

「私は大丈夫だから喜多見チーフの方に」

夏梅は訴えた。比奈は大きく頷いた。

「冬木先生と夏梅さんはこちらの患者さんをお願いします。ミンさんは、私と一緒に喜多見チーフの応援に行きます」

比奈が瞬時に判断を下す。

「了解！」

そこにいた全員が声を上げたとき、アラート音が鳴り響いた。

「血圧低下、ショックバイタルです！」

冬木は、千住たちが運んでいた傷病者のモニターを見て言った。

「おろしてください！」

比奈たちはフロアに入っていき、担架を下ろした。二十六階はごく普通のオフィスだ。暗い中、部屋のあちこちで炎が確認できたが、まだ火は回っていない。比奈は携帯エコーを傷病者の胸にあてた。

「心タンポナーデ。左大量血胸。胸に傷跡があります、心臓のオペ歴がある人です」

「どうするんだ？」

千住が問いかけた。

「ここで処置します。広いところへ」

比奈は消毒を始めた。

「ちょっとチクッとしますよ」

声をかけ、麻酔を打つ。

「ミンさん、先に血胸のドレナージします」

「はい。胸腔ドレーン」

ミンはすばやく応じた。比奈は渡された胸腔ドレーンで穴を開ける。

「呼吸、楽になりましたが、心タンポ悪化」

冬木が言ったとき、モニターの警報音が鳴った。

「心停止！」

冬木が言う。

「左開胸して直接心マします」

比奈は心膜を切開した。夏梅は怪我をしていない左手で点滴を掲げ、補助に入った。

「心タンポ解除」

比奈が言うと、冬木が「心拍再開！」と言った。

「出血量が多すぎます」

夏梅が言うように、出血が止まらない。ミンは「なんで？」と焦りの声を上げた。

夏梅は応急手当ての包帯を自ら巻き、患者の鞄の中身をチェックした。

「比奈先生！　患者さん、ワルファリン飲んでます！」

夏梅が声を上げると、比奈たちは表情を硬直させた。

「どういうことだ⁉」

千住が尋ねる。

「血がサラサラになる薬で、専用の薬がないと出血が止まらないんです」

夏梅は説明した。

「ヒーラーツイストで肺門遮断します。ミンさん、長剪刀《ちょうせんとう》」

比奈が指示をする。

「千住隊長！　炎が迫ってます！」

湊が声を上げた。気づけば周りから炎が迫ってくる。

「ＭＥＲと患者に近づけるな！」

千住たちは放水し、防火シートで炎を防いだ。

「心損傷の止血をします」

比奈はオペを続行した。

「血圧66に低下」

「出血止まりません」

冬木と夏梅が言う。比奈は必死で処置を続けた。だが炎も勢いを増している。

「水圧が安定しません！」

辰巳が叫んだ。消火活動もままならない様子を聞き、

『逃げろ！』

駒場が指示を出す。

「オペの途中です！　心筋縫合します」

比奈は言った。

『YOKOHAMA MERの鴨居です』

そこに、鴨居の声が聞こえてきた。

『セカンドドクターの弦巻先生。今すぐ全員を避難させなさい』

鴨居が指示をする。

「それはできません」

比奈は言った。

『あなたは冷静な判断能力を失っている。メンバーは全員そこから退避して』

「できません」

夏梅も拒絶した。

『……なんで』

鴨居は、比奈たちの判断が心底信じられないようだ。

『目の前に助けが必要な人がいるからです』

比奈はきっぱりと言った。


無線から流れてくる比奈たちの決意を聞いた鴨居は黙り込んだ。

二十階の制御室で制御盤を修理していた徳丸は、システムを復旧できないことが歯がゆかった。

一時救護所の近くにいる潮見も、無線の声を聞いていた。メンバーたちを敬う気持ちと、無事を祈る思い、自分への情けない気持ちが襲ってくる。潮見はただその場に立ち尽くしていた。

音羽たちも前線指揮テントで無線を聞いていた。

「正気の沙汰とは思えんなぁ」

両国は相変わらず他人事のように、扇子でパタパタと顔を扇《あお》いでいる。

「……おっしゃる通りで……」

久我山がお追従の言葉を言うが、目は笑っていない。

無線から、絶えず比奈たちの奮闘の様子が流れてくるのを、音羽は無言で聞いていた。


二十六階では、オペと救命措置が続いていた。

「出血が止まりません」

と、夏梅が言うと、

「血圧さらに低下。下は測れません」

冬木が言った。

「もう一針《いっしん》追加！」

比奈が言うと、夏梅が「了解」と、補助をする。懸命に命を救おうとする比奈たちのまわりで、千住たちも必死で消火活動を続けていた。

「千住隊長！　こっちにも回ってきました。炎の勢いが止まりません！」

「もう限界です！　脱出ルートなくなります！　千住隊長！」

小菅と辰巳が千住に訴えてくる。フロアに煙が充満し、夏梅たちも咳き込んでいる。これまでオペを見守っていた千住だが、決断を下すべく、考え込んでいた。

『弦巻先生、退避してください』

駒場の声が聞こえてきた。

『これは命令です』

駒場も、苦渋の決断を下したようだ。比奈は悔しいが、もうこれ以上どうすることもできない。このままでは全員、炎に呑まれてしまう。

忸怩《じくじ》たる思いでオペの手を止めようとしたそのとき、誰かが非常階段を駆け上がってくる足音が聞こえてきた。

「比奈先生！」

転がり込むように突っ込んできたのは、潮見だ。猛スピードで駆け上がってきたのだろう、足がふらついているが、炎の隙間を縫うようにして、比奈たちのもとまでたどり着いた。

「比奈先生！　ＰＣＣ《ピーシーシー》（濃縮プロトロンビン製剤）とベリプラストです！」

潮見が透明のポーチを差し出した。

「千住さん、一分ください！　これで助けられます」

比奈は千住に向かって叫んだ。

「わかった！」

千住は隊員たちに消火活動を続けるよう、指示を出した。

「投与します！」

比奈がＰＣＣを投与する。

「出血止まりました」

「バイタル安定。血圧上昇中」

冬木が言う。

「仮閉胸終わりました！」

比奈が千住に報告すると同時に、

「北側の非常階段に向かえ！」

千住は隊員たちに声をかけた。

「了解！」

そこにいた隊員たちが答えた。

「１、２、３！」

ＭＥＲのメンバーは息を合わせ患者を担架に戻し、搬送を再開する。

「間もなく階段です！」

互いに声をかけあいながら、ギリギリで脱出に成功した。

＊

前線指揮テントの音羽はその様子を聞き、とりあえず安堵した。だがすぐに南側非常階段の図面に視線を移した。

喜多見は広子を抱え、南側非常階段を下りていた。炎の熱で全身汗だくだ。息も切れ、喜多見自身の体力もかなり限界に近づいていた。一階まではまだ遠い。それでも歯を食いしばって一歩一歩階段を下りていると、モニターのアラート音が鳴った。広子のバイタルが悪化している。

「喜多見です。搬送中の女性は頸動脈ほとんど触れず、呼吸も弱くなってきてます。このままだと切迫心停止します。応援はまだですか⁉」

無線マイクに向かって言った。

『東京チームは重症患者の搬送で人員を割けない』

駒場の声が返ってきた。応援はまだ来そうもない。喜多見は気力を立て直し、階段を下りた。


前線指揮テントの音羽は、マイクを握った。

「音羽です。鴨居チーフ、喜多見チーフの救援に向かってください」

だが、背後から両国が割り込んでくる。

「そんなことしなくていい。横浜チームが危険な現場に入るのは禁止だ」

両国はモニターを見た。一時救護所の鴨居たちは両国の指示を聞き、目の前の患者に集中している様子だ。その姿を見て両国は満足気な笑みを浮かべ、音羽を見た。

だが音羽は意を決し、マイクに向かって言った。

「鴨居チーフ。手を止めずに聞いてください」

モニターの鴨居に向かって語りかける。

「TOKYO MERのやり方には私も反対です。医療従事者は危険を冒すべきではない。そう思っています」

音羽の本音だった。医系技官としてMERで活動を始めた頃は、喜多見のやり方についていけずに、何度も衝突した。

「でも、待っていては救えない命があることも事実です」

それは、音羽がMERの救命活動を通じて実感したことだ。

「TOKYO MERには、死者ゼロを目指し、すべての命をあきらめないという信念があります」

目の前の患者を救う。ただそれだけの信念だ。

「しかし二年前、喜多見チーフの妹・涼香さんを現場で失い、その理想は打ち砕かれました」

涼香の死後、喜多見は自暴自棄になっていた。自分が過去に命を助けたテロリストに涼香を奪われ、自分のせいで涼香は死んだと打ちひしがれていた。

「彼らはそれでもまた立ち上がり、理想を追い続けています。無謀すぎる挑戦です」

喜多見は千晶のおかげもあり、信念を取りもどした。だからこそ涼香の命を奪ったテロリストにオペを施し、再び命を救った。目の前の命を見捨てたら自分は医者じゃなくなるのだ、と――。

「ですが、その先に日本の医療を変える希望があると、私は信じています。彼らには夢をかける価値があるんです」

鴨居に語りかける音羽の声には、これまで鴨居が一度も感じたことのない必死さと切迫感があった。

音羽の言葉を聞いていた鴨居は、立ち上がった。

「こちら鴨居」

無線に向かって、喜多見の救援に向かうと告げようとしたとき、ビルから大勢の負傷者が出てきた。展望フロアにいた客たちがついにビルから脱出してきたのだ。

「このお兄さんを助けてください！」

自らも切り傷などを追った中学生が、鴨居に声をかけてきた。

「苦しそうなんです」

中学生たちは純粋な目で、訴えた。

都庁・危機管理対策室の赤塚と駒場は、モニターで現場の様子を見ていた。駒場はどうにもならない状況に拳を震わせ、唇を固く結んでいる。

だがそのとき、赤塚はモニター内の動きに気づいた。

映像を見ていた両国が、鴨居に語りかけた。

「鴨居チーフ、目の前の患者を見捨てるわけじゃないよな」

ほくそ笑んでいる両国を音羽が無言で見つめていると、赤塚から無線が入った。

『地上の傷病者はこちらで対応します』

赤塚の言葉の意味がわからず、音羽と両国はモニターを凝視した。


一時救護所に、サイレンが響き渡った。

排煙高発泡車やスーパーアンビュランスなど、最新鋭の緊急車両が集結する。車体には千葉、埼玉、静岡などの文字が見える。近隣各県からの応援だ。

『近隣各県からの増援が間に合いました』

赤塚の声が聞こえてきた。

『医療従事者もいます』

赤塚が言うように、車両から、医療従事者が続々と降りてきた。

『鴨居チーフ』

音羽の声が聞こえてくる。

ビル内から出てきた怪我人たちは、駆けつけた医療従事者たちに引き継ぐことができる。鴨居は判断し、メンバーたちに声をかけた。

「元町先生、携帯用モニターと輸血と止血剤用意して。中尾先生と日吉さんはY01で開頭と血管造影の準備をしてください」

鴨居の指示に、元町らメンバーたちは表情を引き締めた。全員、覚悟はもう、できている。

『鴨居チーフ、何を言ってる?』

両国が怒鳴りつけてくる。

「今からビルに入ります……待っていたら救えない命がありますから」

鴨居はきっぱりと言った。

YOKOHAMA MERのメンバーたちすでにヘルメットを装着しはじめている。

『鴨居ィ!』

両国が歯をギリギリと嚙みしめている様子が伝わってくるが、鴨居たちは無視して準備を始めた。

「貴様はクビだ。私の力で喜多見も鴨居もすべて入れ替えてやる」

両国は音羽にむかってわめいていたが、音羽はかまわずにマイクに向かった。

「駒場室長、MERの指揮は一任いたします」

そして、テントを飛び出した。

「どこへ行く！」

と、両国が背後から問いかけてくる。

「命を救ってきます」

音羽は足を止めることなく、ＴＯＫＹＯ ＭＥＲの白いユニフォームを手に、走るスピードを上げた。


赤塚はモニターで、前線指揮テントを飛び出していく音羽の姿を見ていた。

「赤塚知事、ありがとうございました。近隣各県にも応援要請してくださってたんですね」

駒場は赤塚に感謝の気持ちを伝えた。

「これだけ早く他県の応援を取りまとめるなんて、さすがに私だけじゃ無理」

「え」

「国にも、命を最優先する政治家がいるってことね」

赤塚は唇の端をかすかに上げて、駒場を見た。

久我山は前線指揮テントの外でこっそり電話をかけていた。

「官房長官、ご協力感謝いたします」

『あなたが根回ししたこと、いずれ両国にバレるわよ』

電話の相手は白金だ。いまや官房長官となり、今日も国会議事堂で公務中だ。

「心配には及びません。両国大臣の数々のパワハラ音源を白金官房長官にお譲りいたします」

『私に両国を潰せってこと？』

白金が冷ややかな声で尋ねてくる。

「両国大臣は、いずれ総理の座につく白金先生の敵ですよね」

久我山はいけしゃあしゃあと言った。

「私はいつも強いお方につくんです」

これまでも何度か、久我山が白金に伝えていた言葉だ。白金はしばらく黙っていたが「……音声データ送っておいて」と、電話を切った。

喜多見は南側非常階段を下りていた。だが簡易モニターの血圧が下がっていく。間にあわない。焦る気持ちが最高潮に達したとき、足音が聞こえてきた。水色のユニフォームが近づいてくる。鴨居と横浜チームだ。

「鴨居チーフ！」

喜多見は救われた気持ちになり、声を上げた。

「バックボード固定して酸素15リットル補助換気、Oプラス濃赤《のうせき》全開投与」

鴨居の指示に、元町たちはその場で輸血と酸素投与を行い、広子をバックボードに乗せて頭部を固定した。すべての動きが素早い。

「予備の酸素です、行ってください。あとは私たちが責任をもって引き受けます」

鴨居は簡易ボンベを喜多見に手渡し、目を合わせて頷いた。

「……お願いします」

喜多見は鴨居たちに広子を任せ、踵《きびす》を返した。

＊

熱い……。

千晶が目を覚ますと、周囲は炎に包まれていた。

立ち上がろうとしたが、足に激痛が走った。怪我を負ったようだ。起き上がれずにいると、お腹に激痛が走った。

うっ。

おそらく陣痛だ。お腹を押さえ、痛みを逃そうとしたが、苦しい。息が吸えていない。ゲホゲホと咳き込みながら、床に転がっていた簡易ボンベに手を伸ばした。どうにか拾い上げて口に当て、酸素を吸う。

あちこちから炎が近づいてくる。床のほこりにも、火がついた。千晶は体を引きずるようにして、火の手から遠ざかろうとした。その時、炎で崩れた石膏ボードが落ちてきた。

下敷きになる――。

覚悟をして目をつぶったが、ボードは落ちてこなかった。顔を上げると、喜多見がなんと素手でボードを受け止めていた。

「千晶！　大丈夫か⁉」

「……患者さんは？」

尋ねると、喜多見は大丈夫だ、と頷いた。

「最高のチームが引き継いでくれた」

喜多見は言い、持ってきた新しい簡易ボンベを千晶に渡した。

Y01のオペ室では、広子のオペが始まっていた。

「開頭血腫除去、骨盤TAE（動脈塞栓術）、左大腿動脈修復術を始めます。ニードル」

「開頭します。メス」

鴨居、そして第一助手として元町が差し出した手に、それぞれの器具が載せられる。運び込んだ広子のオペを的確に行う様子が、無線を通じて喜多見に届いていた。


「脱出するぞ」

喜多見は千晶を起こし、歩き出した。だが部屋の中で爆発が起きた。

喜多見は千晶を背後から抱きしめた。ふたりとも爆風で吹き飛び、床に打ち付けられた。喜多見のヘッドセットが吹き飛ばされ、炎の中に呑み込まれた。千晶の簡易ボンベも転がっていってしまう。咳き込む千晶に、喜多見は自分の酸素マスクをつけてやり、再び立ち上がった。

部屋中に炎が膨れ上がり、非常階段に続く通路が倒れてきた資材で塞がれている。

「千晶……いま道を作る！」

咳き込みながらも、喜多見は腕で口を押さえ、資材をどけようとした。だがどんどん炎が迫ってくる。それでも喜多見はあきらめずに、障害物をどかそうとした。倒れていた千晶は這《は》っていき、喜多見の足に触れた。喜多見がしゃがんで、千晶の顔をのぞきこんだ。

「……赤ちゃんと逃げて」

千晶は喜多見を見上げて言った。喜多見はその言葉の意味がわからず、眉根を寄せて千晶を見た。

「すぐに帝王切開をして赤ちゃんを取り上げて。あなたと赤ちゃんだけなら逃げられる」

千晶は喜多見の手を握り、目を見て言った。

「そんなことできるわけ……」

「もうそれしかない！」

千晶は叫んだ。

「……だめだ」

喜多見は首を振った。

「このままだと全員助からない」

千晶の言葉に、喜多見はハッとなる。

「赤ちゃんだけは助けて。お願い……」

すがるように言いながら、千晶は近くに転がっていた医療セットの入ったポーチの中からメスを取り出して、喜多見に握らせた。

「早く！」

ふたりにどんどん炎が迫ってくる。喜多見は千晶の願いをかなえようと、腹にメスを近づけた。だが、手が止まった。どうしても切れない。

「急いで！」

千晶が懇願してくる。

「何やってんのよ！　あなたは医者でしょ！」

千晶は泣いていた。

「俺は、千晶の夫だ」

喜多見も泣いていた。そしてメスを投げ捨てると、近くにあるオフィスチェアを盾にして、燃え盛る建材を力任せに押した。

「ううう―――っ！」

持っている力のすべてを出し、どうにか脱出路を作った。千晶を抱き上げ、南側非常階段へ走った。だが充満する煙に、朦朧《もうろう》としてくる。それでもなんとか南側非常階段を目指した。

階段に通じるドアを開けると、そこも煙と炎に制圧されていた。しかし、喜多見はどうにか階段を下りていった。三十九階の表示が見える。だが、下の階は燃えていた。天井からも炎が落ちてくる。

もうこれ以上は無理だ。ドアを開け、再びフロアに逃げ込んだ。ここも四十四階と同じように炎が広がっていた。煙が充満していて、息は吸えない。

「……大丈夫か？」

千晶に声をかけた。うっすらと目を開いているが、返事はない。喜多見は北側の非常階段を目指しながら、無線に呼びかけた。

「喜多見です。現在三十九階フロア。南側が通れないため、北側の非常階段に……」

喋っている途中で、ヘッドセットがないことに気づいた。どこかで失くしてしまったようだ。もう無線は通じない。喜多見たちがここにいることを伝えることはできない。こうなったら一人でなんとかするしかない。床に落ちている資材などを蹴り飛ばしながら、喜多見は進んだ。咳き込みながら千晶を見ると、目を閉じていた。

「千晶！　しっかりしろ！　千晶！」

「……赤ちゃん……」

千晶はがくりと意識を失った。早く。一刻でも早く。北側非常階段を目指して足を進めたとき、壁が倒れてきた。咄嗟に千晶をかばって倒れた。

「千晶！」

呼びかけたが千晶は目を閉じたままだ。立ち上がろうとした喜多見は、左足が倒れてきたロッカーにはさまれていることに気づいた。上半身を起こし、足を抜こうと動かしてみたが、無理だ。近くにあったものをはさんでロッカーを持ち上げようとしたが、一人ではどうにもできない。その間にも煙と炎が近づいてくる。千晶を守ろうと、抱きしめた。千晶の首の下に自分の腕を入れ、少しでも楽な体勢にしてやった。

だが炎が近づいてきて、視界がオレンジ色になった。炎以外何も見えない。意識が朦朧としてくる。

喜多見はついに、目を閉じた。そのとき——。

「……お兄ちゃん、お兄ちゃん」

誰かの声が聞こえる。

「……涼香……」

喜多見のマンションのリビングに、愛用の黄色いエプロンをした涼香がいる。涼香はふりそそぐ陽光の中でほほ笑んでいた。

「お兄ちゃんには助けてくれる仲間がいるでしょ」

涼香の言葉を聞いて、喜多見は目を開けた。

仲間がいる。

天井を見つめる喜多見の頬を、涙が流れた。

「うーっ」

力を振り絞って上半身を起こした。あたりは煙と、炎しか見えない。だがどうにか右手を伸ばし、床に転がっていた棒状の金属片を探りあてた。

「ここだ……ここいる。ここにいるぞ‼」

喜多見は自分の足を縛り付けるロッカーを、ガンガン叩いた。

仲間がいる。

涼香は言ってくれた。

仲間を信じよう。

「ここだー、ここにいる‼」

咳き込みながらも、叩き続けた。

だが、それも長くは続かなかった。すでに限界だった。シャッターが下りるように、視界が狭くなっていく。

仲間がいる、自分には、仲間がいる……。

もう一度気力を奮いたてようと思ったが、喜多見の手から、持っていた金属片がこぼれ落ちた。がくりと力尽き、倒れていく。しかし床に崩れ落ちる一瞬前に、喜多見を白いユニフォームの手が抱きかかえた。

「喜多見チーフ！」

音羽は喜多見の口に酸素マスクを当てた。喜多見は酸素を吸引し、息を吹き返した。

「音羽先生……千晶を！」

ゲホゲホと咳き込みながら、喜多見は音羽に懇願した。視界が利かない中、音羽は携帯エコーを出して、千晶の腹部に当てた。

「外傷性腹腔内出血があります。胎盤後血腫《たいばんこうけつしゅ》もあり、胎児も一過性徐脈が出てます」

音羽は言うが、喜多見は挟まれて動けない。

「千晶と赤ちゃんをお願いします！　俺はいいから早く‼」

とにかく千晶を運び出してほしい。その一心で言った。

「いいえ、全員助けます。もう二度と、仲間は失いません」

音羽が強い口調で言ったとき、「喜多見チーフ！」と叫びながらメンバーたちが駆けこんでくるのが見えた。千住隊もいる。

「炎を近づけるな！」

千住が指示をすると、隊員たちが消火剤を撒き、防火シートを広げ、あらゆる手段で火を防ごうとしている。

「1、2、3！」

千住、冬木、潮見がテコを使ってロッカーを持ち上げ、喜多見を引きずり出す。と、そのとき、スプリンクラーが作動し、放水が始まった。全員が天井を見上げた。

「徳丸か⁉　遅《お》せーんだよ！」

千住が感謝の意を込めつつ、呼びかける。

『システムはまだ不安定です。今のうちに下へ！』

徳丸の声に、千住は「急げ！」と、声をかけた。

「夏梅さん点滴確保！　ミンさんバックボードに固定！」

比奈の指示に、ミンと夏梅が「はい！」と動き出す。比奈とミンは千晶をバックボードに固定し、夏梅が点滴と酸素供与の処置をする。

「千晶さん！　しっかり！　助かるよ！」

夏梅はまだ意識の戻らない千晶の手をしっかり握った。

「サチュレーションと血圧に注意！」

音羽は冬木と潮見に指示をした。

「了解！」

二人が頷く。

夏梅とミンが千晶のバックボードにつきっきりで輸液などのフォローをし、音羽が骨折した喜多見の足を包帯で巻いて固定した。

「急ぎますよ」

音羽は喜多見に肩を貸し、立ち上がった。

「おお！」

喜多見は残った力をふり絞って歩きだす。

「先導する！　ついてこい！」

千住は先頭に立ち、北側非常階段に入っていった。消火器や防火シートを使って炎を防ぎ、障害物を排除しながら、喜多見たちを通す。

時間はない。だが慎重に、全員で力を合わせ、千晶を下へ搬送した。

＊

広子のオペは無事に終了した。鴨居たちはY01から広子を運び出して救急隊に引き渡した。翔馬と、迎えに来た両親――広子の息子夫婦に付き添われ、搬送されていく。

もう日が沈み、あたりはだいぶ暗くなっていた。

「東京チームが突っ込んでいかなかったら、あの女性は……」

元町が広子を見送りながら呟《つぶや》くのを、鴨居は無言で聞いていた。

『こちら喜多見。まもなく北側非常階段から出ます。腹部外傷を合併した常位胎盤早期剝離、緊急オペが必要です！』

無線から喜多見の声が聞こえてきた。

「鴨居です、車両を正面エントランス付近につけます」

喜多見たちが気になっていた鴨居はすぐに反応した。

「緊急開腹とカイザー。SL1《エスエルワン》で大量輸血プロトコルの準備」

鴨居はメンバーに向き直り、指示をした。

「了解！」

YOKOHAMA MERのメンバーたちは喜多見たちを迎える準備を急いだ。

ついに一階に到着した。喜多見たちは、非常階段から飛びだした。途中から徳丸も合流している。出口にはすでに、水色のERカーがスタンバイされていた。

「Y01……」

潮見が驚いていると、鴨居が走ってきた。

「オペは任せます。準備はできているので早く！」

鴨居はY01のオペ室を使っていいと申し出た。横浜のメンバーたちも、千晶をバックボードからストレッチャーに移すのを手伝っている。

「おお」

喜多見は感謝を込め、頷いた。そして音羽らとともに、Y01に入っていった。

「東京チームの方が、患者さんの容態を理解していると判断しました。Y01には新生児用の保育器も装備されています。DSAで塞栓術《そくせんじゅつ》も併用可能です。使ってください」

鴨居が無線でY01に乗り込んだ喜多見たちに伝えてきた。

「医療機器の配置はT01と同じです」

一番最初にオペ室に入った徳丸が、機器をチェックして言った。

「右内頸静脈《みぎないけいじょうみゃく》にバスキャス入れます」

冬木もオペの準備を始めている。

Ｙ０１の後部前室で、喜多見と音羽は夏梅の補助を受けて着替えていた。

「お願いします。比奈先生、消毒は頸部から鼠径部まで、ミンさん、念のため開胸セットも用意してください」

喜多見はオペ室内のメンバーに声をかけた。

「了解、大動脈遮断バルーンもあります」

ミンの声に続いて、

「パワーデバイスの準備もできています。横浜チームが完璧にスタンバイしてくれています」

潮見の声も聞こえてきた。今日一日でぐんと成長した様子だ。

「Ｙ０１オープン」

着替え終えた喜多見と音羽、そして夏梅が、オペ室に入っていく。

「右鼠径部からＡ、Ｖシース確保済みです」

比奈が喜多見に言った。

「腹腔内出血、及び常位胎盤早期剝離に対して、緊急開腹止血術とカイザーを行います」

喜多見がメスを受けとり、オペが始まった。

「子宮開けます」

まずは帝王切開だ。

「赤ちゃん出します」

喜多見は自ら赤ちゃんを取りあげた。

「出ました　チアノーゼあり、すぐに保育器へ」

赤ちゃんは喜多見の手から、夏梅へと渡った。徳丸がセッティングした保育器に、夏梅が赤ちゃんを入れた。

その時モニターの警報音が鳴った。

「母体の血圧低下、血圧82の54」

冬木が言い、

「出血箇所検索します」

音羽が出血箇所を探る。


オペ室の緊迫した様子は、都庁の危機管理対策室のモニターにも映し出されていた。

赤塚と駒場はもちろん、目黒、清川らのスタッフたちも、祈るような気持ちで見守っていた。

鴨居たちも消防隊員や患者の処置をしながら、無線でオペ室の様子を聞いていた。

「赤ちゃん、心拍60の仮死状態です」

夏梅が赤ちゃんの状態を報告する。

「比奈先生、新生児処置へまわってください」

喜多見に言われ、比奈は赤ちゃんの蘇生処置にまわった。

「補助します」

夏梅は赤ちゃんに酸素マスクをあて、比奈が親指で小さな体に心臓マッサージをはじめた。

喜多見たちは千晶のオペに集中していた。

「子宮と右後腹膜から激しい出血」

音羽が言った。

「血圧64に低下、下は測れません」

冬木がモニターの数値を報告する。

「冬木先生、バスキャスから大量輸血お願いします」

喜多見は出血を止めるため、決断した。

「了解、輸血に切り替えます」

「音羽先生、子宮切開創の縫合と左後腹膜の確認、至急、潮見先生補助して」

「はい」

潮見が補助に入り、喜多見は音羽と左右手分けして処置をした。喜多見はさらなる出血箇所を確認した。

「右後腹膜、総腸骨動静脈の分枝損傷を確認。縫合止血します」

だが、その途中でアラート音が鳴った。

「脈が触れません、心停止、ＰＥＡです！」

冬木が千晶の頸動脈に触れながら言い、すぐさまアドレナリンを投与した。

「ミンさんガーゼパッキングして圧迫止血」

喜多見は心臓マッサージをしながら、止血の指示を出す。

「了解」

「潮見先生、Ａシースを大動脈遮断カテに入れ替えるので、ガイドワイヤー挿入してくださいǀ」


「はい」

「徳丸くん、ＳＬ１を四十度に加温して圧入準備。冬木先生、止血して大量輸血で蘇生させます」

喜多見は内心では焦りながらも、冷静に指示を出した。

「千晶！　千晶聞こえるか！　千晶わかるか！」

と、声がけしながら心臓マッサージを続ける。

「ガイドライン入りました」

と、潮見が言った。

「心マ代わって！」

「止血完了」

喜多見と音羽が言う。

「パッキング完了しました」

ミンも素早く処置を完了した。

「パルスチェック」

冬木が言い、喜多見はモニターを見た。モニターが、ＰＥＡからＶＦに変化する。

「VF！　心室細動」

冬木が声を上げた。心室細動……心臓が細かくけいれんしている状態で、心停止してしまう非常に危険な不整脈だ。ただちにDCで心臓に電気ショックを与えねばならない。

「DC150にセット」

喜多見が通電量を指定する。

「DC150にセット、ショックします」

音羽がショックを与えた。しかしモニターに変化はない。

「VF継続！」

冬木が言う。喜多見は心臓マッサージをしながら「冬木先生、アドレナリン投与」と、指示をした。

「DC200にセット、ショックします」

音羽が通電量を上げて、もう一度ショックを与えた。

「モニターフラット」

だが無情にもモニターがフラットになる。

「輸血追加して」

喜多見は心臓マッサージをしながらミンに指示をした。

「ポンピングで大量投与します」

ミンが血液を大量投与したが、モニターはフラットのままだ。

「千晶！　千晶！　千晶聞こえるか！　千晶！」

心臓マッサージを続けながら、喜多見は声をかけ続けた。

「戻りません」

冬木が言い、ついに喜多見以外の全員の手が止まった。


その様子を聞いていた一時救護所の千住は、悔しさに体を震わせた。

鴫居は目の前の患者の処置に集中しつつも、たまらぬ思いだった。


喜多見は心臓マッサージを続けていた。喜多見のハッハッハという息遣いと機械音だけが響く。

メンバーたちは無言で喜多見を見つめていた。

あの時と、同じだ……。

涼香を亡くした、悪夢のような、いや悪夢そのものだった、あの日。

あの時喜多見は、初めて自分を見失い、狂気のように心臓マッサージを繰り返した。音羽が手を取って強引に止めるまで、何度も何度も何度も。

しかし次に喜多見の口から発せられた言葉は、意外なほど冷静なものだった。

「大量出血による心停止の状態です。ＶＡエクモの体外循環でダメージコントロール手術に切り替えましょう」

心臓マッサージを続けながら喜多見は言った。

「アプローチは両鼠経からＶＣＳは脱血管に入れ替えてＡシースは取り直しましょう。ガイドライン入れる準備しておいてください」

喜多見はあくまで医師としての客観的な判断で動いていた。そして音羽に、メンバーたちに向けて、鼓舞するようにこう言った。

「出血コントロールはできています。俺たちなら、救えます」

オペ室内に、ほんのわずかの沈黙が流れた。しかし次の瞬間には皆が動き出していた。もう一度、メンバーたちの心は一つになっていた。

「Ａシースやります」

音羽が左鼠径部から送血管に入れる。

「心マやります」

潮見がマッサージを代わった。

「ガーゼ詰め直してインサイズドレープ貼ります」

「アドレナリン入りました。SL1での輸血も継続中」

ミンが、冬木が、それぞれの持ち場で手を動かす。

「VAエクモのプライミングします」

徳丸が言うと、

「DSAの操作も頼みます」

冬木が声をかけた。

「了解」

徳丸が頷く。

仮死状態の赤ちゃんを蘇生させるべく、比奈と夏梅は酸素供与と羊水吸引をしていた。

「がんばれ、がんばれ……」

「がんばれ、ママも頑張ってるよ……」

夏梅と比奈は赤ちゃんに声をかけ続けていた。

「千晶、みんないるぞ」

喜多見は脱血管を繋ぎ終わり、千晶の心臓マッサージに戻った。

「冬木先生、アドレナリン追加」

「了解」

喜多見が心臓マッサージを続けていると、保育器の中の赤ちゃんが「ふえっ」と、かすかな声を上げた。

「赤ちゃん蘇生しました！」

比奈が声を上げ、夏梅とともに蘇生後の処置を始めた。

「……千晶、赤ちゃんが待ってるぞ。聞こえるか！　俺たちの息子が、ママが戻ってくるの待ってるぞ‼」

喜多見が千晶に呼びかけながら心臓マッサージを続けていると、モニターがかすかに反応した。

「波形あり」

「心拍再開！」

その声に、オペ室のメンバーたちは顔を見合わせた。

「血圧70に上昇。さらに上がっています」

冬木が言うのと同時に、赤ちゃんが泣き声を上げた。か弱い声だが、たしかに生きている。

足を痛めていた喜多見は、そのまま床にへたりこんだ。

「後の処置は我々がやります」

音羽が素早く千晶の処置を始めた。

「喜多見チーフ、男の子ですよ。お鼻が千晶さんに似てるかな」

夏梅は泣き笑いの表情を浮かべながら言った。

「おめでとうございます。喜多見チーフ」

比奈も涙声だ。喜多見も床に座ったまま、涙を流した。

「徳丸くん、エクモ3・5リットルにセット。カニューレ固定して搬送準備してください。比奈先生、夏梅さんは保温しながらアプガースコアチェックしてください」

音羽が喜多見にかわって、メンバーたちに指示を出した。だがその瞳にはかすかに涙が浮かんでいる。

「了解……」

メンバーは涙を堪《こら》えながら、それぞれ処置を続けた。

けれどその涙は、涼香のときとは違う喜びの涙だった。

オペ室の様子は、一時救護所の千住たちにも届いていた。

「よし！」

千住はガッツポーズをした。

「やったー！」

手が空いているYOKOHAMA MERのメンバーたちや千住隊、消防隊が、誰彼なしにハイタッチやハグを交わし、お祭り騒ぎだ。

鴨居は患者の処置をしながら、そっと涙を拭った。

前線指揮テントでも、モニターを見ていた担当者たちが歓喜の声を上げていた。ただひとり両国だけは、居心地の悪そうな顔で椅子に座っていた。

「お車のご用意ができました、両国大臣」

久我山が両国に声をかけた。両国が片眉を上げ、振り返る。

「お呼びでないようですので」

そうささやいた久我山をキッとにらむと、両国は立ち上がってテントを出ていった。

久我山も後を追って出ていこうとしたが、数歩後ずさりし、もう一度テント内のモニターを見た。そして、オペの成功に、こっそり拍手を送った。


都庁の危機管理対策室のスタッフたちも、笑顔が満ちあふれていた。

「傷病者の搬送すべて終わりました。今回の出動、軽傷者百三十三人、重症者四十人。死者は、ゼロです」

清川の報告に、スタッフたちは歓喜に沸いた。死者ゼロを目指し、すべての命をあきらめないというTOKYO MERの信念は、貫かれた。

駒場は天井を見上げ、安堵と喜びを嚙みしめた。

「……お疲れ様」

赤塚が両手で駒場の肩をつかみ、ねぎらった。


喜びムードの中、すぐに危機管理対策室を出た赤塚は、冷静な顔で、静まりかえった廊下を歩いていた。だが、喜びが抑えきれない。

「よっしゃぁあああ！」

渾身《こんしん》のガッツポーズをし、再び何事もなかったかのように歩きだした。

夜はとっぷり暮れていた。

火災は完全に鎮火した。ここ数時間の騒ぎなどなかったかのように、街は落ち着きを取り戻している。

傷病者たちの搬送など、すべての任務を終えた鴨居は、前線指揮テントにやってきた。音羽は残務処理をしていたが、担当者たちとの話し合いを終えてテントを出てきた。そして、目の前に立っている鴨居に気づいた。

「初出動、お疲れ様でした」

音羽は頭を下げ、鴨居の横をすり抜けようとした。

「尚にとっても大事な人だったの？　喜多見涼香さんは？」

鴨居は問いかけた。音羽は足を止めたが、何も応えなかった。でもその態度で、鴨居は音羽の気持ちを理解した。

「音羽統括官、私もこれからは喜多見チーフを見習って、必要とあれば、危険な現場にも飛び込むことにします」

鴨居は話題を変え、明るく言った。

「勘弁してください。頭痛の種は一つで充分です」

音羽はかすかにほほ笑み、去っていった。

その場に残された鴨居は、ＹＯＫＯＨＡＭＡ ＭＥＲのユニフォームのポケットから一枚の紙を取り出した。

「引くよねぇ、大事にとってたとか」

それは、十年前のエアチケットだ。気持ちに踏ん切りをつけた鴨居はチケットを破り捨てて、Ｙ０１に戻っていった。

その表情は覚悟を新たにした医師の顔だった。

＊

翌朝、東京海浜病院に立ち寄った音羽は、ＭＥＲのスタッフルームに立ち寄った。涼香に会うためだ。

「新しい家族が生まれましたよ。おめでとうございます」

机の上に置いてある写真立てに、声をかけた。写真立ての中では、朝の陽ざしの中、涼香が眩《まぶ》しいほどの笑みを浮かべていた。

音羽はもう一度そっと涼香を見ると、スタッフルームを出た。

千晶が目を開けた。一晩中病室に付き添っていた喜多見は、千晶がもう一度目を覚ましてくれたことの喜びを、ひしひしと感じた。

「……痛むか？」

過酷な状況を乗り越えて出産した千晶をねぎらうように、声をかけた。

「……赤ちゃんは？」

千晶が気にかけていたのは、赤ちゃんのことだった。


喜多見は千晶を乗せた車椅子を押し、新生児室にやってきた。

ふたりは保育器の中ですやすやと眠る赤ちゃんと対面した。

千晶は手を伸ばし、小さな命に触れた。涙があふれて、止まらなくなる。

「千晶のおかげだ」

喜多見は命がけで生んでくれた千晶に感謝しかなかった。

「みんなのおかげでしょ」

千晶は喜多見の手を引いて、赤ちゃんに触れるよう促した。喜多見は千晶と一緒に赤ちゃんの手に触れた。三人の手が、重なる。喜多見の目にも涙が浮かんできた。

喜多見は千晶の頬に自分の頬をつけた。何よりも守らなくてはいけない、目の前の命の重さを実感していた。振り返った千晶に喜多見は頷き返し、ふたりで我が子を見つめた。

ふと視線を感じて顔を上げると、廊下にメンバーたちがいた。

頬を寄せ合っている喜多見と千晶を、みんなはいたずらっぽい笑顔で見つめていた。一番端に、音羽の姿もあった。いつものように無表情だが、ぶっきらぼうに立っているその姿からは喜びの感情があふれていた。

喜多見と千晶に、メンバーたちの気持ちが伝わってくる。

みんなはふたりに向かって拍手をした。

新たな家族を歓迎するようなあたたかい笑顔を浮かべているメンバーの顔を、喜多見は一人ひとり見つめた。

「……ありがとう」

喜多見の口から、短いけれど胸いっぱいの言葉がこぼれた。

劇場版『TOKYO MER』がよくわかる　医療用語集

あ

青タオル	あおたおる	X線造影糸を織り込んだ手術用タオル。青色か緑色で作られていることが多い。
アドレナリン	あどれなりん	心停止やアナフィラキシーの治療薬として使われる代表的薬剤。昇圧薬として利用されるホルモンで、交感神経系の作用を増強して心拍数増加、心収縮力増加、末梢血管収縮などを引き起こす。
アプガースコア	あぷがーすこあ	出生直後の新生児の状態を評価し、新生児仮死の有無を判断するためのスケール。「皮膚の色」・「心拍数」・「反応性（啼泣）」・「活動性（筋緊張）」・「呼吸」の5つの評価項目がある。それぞれ0～2点の3段階に点数をつけ、その合計が10～7点を正常、6～4点を軽症仮死（第1度仮死）、3～0点を重症仮死（第2度仮死）とする。
鞍状鈎	あんじょうこう	開腹手術時の腹部切開創を広げ、術野を確保するために使用する器具。
アンビュー	あんびゅー	患者の口と鼻から、マスクを使って他動的に酸素投与と換気を行うための医療機器（アンビューバッグ）のこと。またはアンビューバッグを用いて人工呼吸する動作を指す。
インサイズドレープ	いんさいずどれーぷ	伸張性に富むポリエステルフィルムのシール状のドレープ。シール粘着剤にはヨウ素化合物が含有されていて、通常は手術創の周囲を清潔に維持するために用いられる。この場面では、ダメージコントロール手術として、ガーゼ圧迫を継続しながら腹部を開放したままの状態で直ちに手術終了するために、本フィルムドレープで腹部全体を瞬時にシールするために用いられる。
Aシース	えーしーす	動脈内にカテーテルを挿入する際、一番最初に挿入口を確保するために留置される医療器具。
Aライン	えーらいん	動脈（Artery）にカテーテルを挿入して確保したルートのこと。
SL1	えすえるわん	迅速に急速輸血・輸液を行うと同時に、低体温を防止するために優れた加温効果を発揮する医療器具。最大500㎖／分で40℃のまま急速に圧入することも可能。
大ガーゼ	おおがーぜ	手術用の大きなガーゼ。
Oプラス濃赤	おーぷらすのうせき	O型でRh陽性（プラス）型の濃厚赤血球製剤のこと。輸血のために濃縮され、パックされた赤血球。

温生食ガーゼ	おんせいしょくがーぜ	温かい生理食塩水で適度に湿らせたガーゼ。熱傷創部を直接覆うために使われることがある。
か		
カイザー	かいざー	ドイツ語のKaiserschnitt（帝王切開）の略。経膣分娩（通常のお産）が難しいと医師が判断した場合に、母体の開腹手術により胎児を取り出す出産法のこと。
開頭血腫除去術	かいとうけっしゅじょきょじゅつ	頭蓋骨を大きく開けて、頭蓋内の血腫や水腫を取り除いたり、脳内の血腫を外に出して、脳の圧迫を減らしたりする救命的手術のこと。
ガイドワイヤー	がいどわいやー	血管内治療に使用するバルーンカテーテルやステントなどの様々な種類のカテーテルを病変部まで運ぶために必要なガイドとなる金属ワイヤー。
解離性の瘤	かいりせいのりゅう	大動脈の血管壁は、内膜／中膜／外膜の3層に分かれる。中膜がなんらかの原因で裂けて、もともとは大動脈の壁であった部分に血液が流れ込むことで、大動脈内に二つの通り道ができる状態が大動脈解離と呼ばれる解離性の瘤(=こぶ)とは、大動脈解離によってできた大動脈瘤のことで、破裂して出血死する危険が高い。
加温輸液	かおんゆえき	低体温症にならないようにするために、加温した輸液を投与すること。やけどした皮膚は熱を維持できないため、容易に低体温症に陥る。低体温症では、出血が止まりにくくなったり、血の巡りが障害されたり、免疫が弱くなったりする。
下行大動脈	かこうだいどうみゃく	大動脈のうち、大動脈弓から続き、脊椎に沿って下方へ向かう部分のこと。腰部で左右の総腸骨動脈に分かれる。
カテルブラーシュ	かてるぶらーしゅ	外傷手術で実施される手術手技の一つ。右側の腹部臓器（上行結腸から右側横行結腸、腸間膜）や後腹膜臓器（右腎臓）を素早く分離・展開して、からだの最深部にある大血管や臓器（下大静脈、総腸骨動静脈、十二指腸・膵頭部・門脈など）に短時間で到達するために行われる。
肝損傷	かんそんしょう	肝臓は腹部臓器のなかで最大の血流豊富な臓器であり、外力により損傷を受けやすく、肝動脈、門脈、肝静脈という非常に太い血管が密に走行している。よって肝損傷では、大出血を生じやすく、出血性ショックが起こる危険性が高い。
肝門部遮断＝プリングル法	かんもんぶしゃだん＝ぷりんぐるほう	肝門部の血管を鉗子で一括遮断して、肝臓への全ての流入血流を止め、肝損傷からの出血を一時的に抑える手技。
気管挿管	きかんそうかん	口または鼻から喉頭・声門を経由して「気管チューブ」を挿入する気道確保方法。

気道熱傷	きどうねっしょう	火災や爆発事故で生じる高温の煙、水蒸気、有毒ガスを吸入することによって起こる呼吸器系（咽頭・喉頭・気道・肺）の障害の総称。
胸腔ドレーン	きょうくうどれーん	胸の中（胸腔）にチューブを挿入し、溜まった液体や空気を抜く処置（胸腔ドレナージ）の際に用いるチューブのこと。
胸骨正中切開	きょうこつせいちゅうせっかい	前胸部に縦一文字の切開を置き、前胸部を大きく観音開きにして、心臓や大動脈などを手術するために行う開胸法のこと。
緊急穿頭	きんきゅうせんとう	頭皮を切開してドリルで頭蓋骨に穴を開ける超緊急的手術法の一種。頭蓋内出血等の頭蓋内に貯まった液体を一刻も早く可及的に取り除く目的で行われる。
グルコン酸カルシウム	ぐるこんさんかるしうむ	カルシウムイオンの補充のために用いられる薬剤の一つ。カルシウムイオンは止血過程に必須の体内物質であり、大量出血に続発する低カルシウム血症による血液凝固障害を改善させる。
頸椎カラー	けいついからー	頸椎固定用の簡易ギプス器具。通常、重症外傷患者では、頸椎にも大ケガがある可能性があるため、検査で異常がないことが分かるまでは予防的に頸椎固定する。
血管テープ	けっかんてーぷ	血管など管状の組織や臓器の周りにテープをかけて引っ張ることにより、手術中に術野を確保・展開するために用いられる。
血胸ドレナージ	けっきょうどれなーじ	血胸とは、肺と胸壁との間に血液が溜まること。血胸により肺が圧迫される場合に、ドレーンというパイプを胸に入れて溜まった血液を抜くこと（＝ドレナージ）。
減張切開	げんちょうせっかい	やけどやケガなどにより、皮膚・皮下組織・筋肉などの組織において組織内圧の上昇からコンパートメント症候群に至った場合に、内圧を低下させて血流を回復させることを目的として行われる皮膚切開法。目的部位により切開法は概ね決められている。
ケント鈎	けんとこう	主に上腹部（肝・膵・脾臓など）の開腹手術で術野確保に用いられる器具。鞍状鈎と同じような形状をした鈎の部分を両側の腹部切開創（腹壁）にかけて、常時ワイヤーで挙上牽引することにより、両側上腹部の術野を広く確保できる。
骨盤TAE（動脈塞栓術）	こつばんてぃーえー	動脈塞栓術（Transcatheter Arterial Embolization: TAE: 経カテーテル的動脈塞栓術）とは、血管造影検査の手技を用いて、体外から動脈内に挿入したカテーテル（細い管）を通じて、出血を止めるために病変に関与する動脈を人工的に閉塞させる血管内治療法。作内では、骨盤骨折により骨盤内部の複数の動脈が傷ついて大量出血するため、骨盤外傷からの出血を止めるために行われる。
骨盤動揺	こつばんどうよう	骨盤の骨がグラグラになっているのが触って分かる状態。重症骨盤骨折のサイン。

コンパートメント症候群	こんぱーとめんとしょうこうぐん	やけどによる全周性III度熱傷（詳細下記）やケガによる打撲・骨折・脱臼などをきっかけに、それによる出血や浮腫（むくみ）により四肢内部の組織内圧が上昇して、筋肉内細動脈の血行障害を引き起こし、筋腱神経組織が壊死に陥る状態を指す。
さ		
サチュレーション	さちゅれーしょん	酸素飽和度（%）を意味する用語。肺や心臓の病気により酸素を取り込む能力が低下した場合にサチュレーションが低下する。
サテンスキー	さてんすきー	血管用鉗子の一種。太い血管などを遮断する際によく使用される。
三度熱傷	さんどねっしょう	やけどは、深さによりI度（軽症）、II度（中等症）、III度（重症）に分類され、それぞれ症状や治療法が異なる。その深さは皮膚組織（皮膚は外側から、表皮／真皮層／皮下組織（脂肪）で構成される）のどの部位まで損傷されているかで決定される。皮膚組織は真皮層のみで再生されることから、やけどの影響で真皮層が残っているかどうかが、皮膚が再生されるかどうかの鍵となる。
CO中毒	しーおーちゅうどく	一酸化炭素（CO）ガスを吸い込むことによって何らかの症状を起こした状態のこと。意識障害（もうろう状態から昏睡まで）や低酸素血症による諸症状を呈することが多い。
子宮のアイソレーション	しきゅうのあいそれーしょん	子宮に流入する全ての血管系（卵巣動静脈、子宮動静脈、膣）を、鉗子や縫合・結紮手技などを用いて（可能なら一時的に）血流遮断すること。
昇圧剤	しょうあつざい	生命維持のために血管収縮作用や強心作用により血圧を上昇させる働きを持つ薬剤。
常位胎盤早期剥離	じょういたいばんそうきはくり	分娩直後に剥がれて排出されるべき胎盤が、妊娠中や分娩前に剥がれてしまうこと。母子ともに死亡する危険がある状態。
心タンポナーデ	しんたんぽなーで	心臓を包んでいる2層の膜（心膜）の間に体液などの血液が貯留し、心臓が圧迫されること。
膵尾脾	すいびひ	解剖学的に、膵臓には頭部・体部・尾部があり、膵臓の尾部に脾臓がつながっている。膵臓の尾部と脾臓を「膵尾脾」と表現する。
切迫心停止	せっぱくしんていし	心停止になりかけているという意味。
切迫早産	せっぱくそうざん	妊娠22週以降37週未満に分娩に至ることを早産というが、この時期に下腹部痛や性器出血、破水などの症状があって、かつ内診で子宮口の開大や児頭の下降などの所見を伴った場合を切迫早産といい、早産分娩となる可能性が高まっている状態を表す。

セルセーバー	せるせーばー	手術時において、術野から出血した血液を清潔操作で貯血層に吸引し、患者に輸血という形で返すことができる医療機器。
全身固定	ぜんしんこてい	外傷患者に対して、すべての脊柱（背骨）と身体をバックボードに固定する処置のこと。
穿頭血腫除去術	せんとうけっしゅじょきょじゅつ	ドリルで頭蓋骨に直径約１・５㎝程度の穴を開け、頭蓋内の出血（血腫）を可及的に取り除く手術のこと。
全麻	ぜんま	全身麻酔。
挿管セット	そうかんせっと	気管チューブ、喉頭鏡、スタイレット、バイトブロック、テープをまとめたもの。
総腸骨動静脈	そうちょうこつどうじょうみゃく	内・外腸骨静脈が合してできる総腸骨静脈と並走する総腸骨動脈のこと。
塞栓術	そくせんじゅつ	（動脈）塞栓術のこと。血管造影検査の手技を用いて、体外から動脈内に挿入したカテーテル（細い管）を通じて、出血を止めるために病変に関与する動脈を人工的に閉塞させる血管内治療法。
た		
体幹四肢外傷	たいかんししがいしょう	体幹とは胴体（胸部、腹部、骨盤部）のこと。四肢は両手両足のこと。この場面では、服の下に隠れている体幹と四肢外傷にも注意せよという指示。
胎児の一過性徐脈	たいじのいっかせいじょみゃく	一時的に脈が遅くなる不整脈のこと。子宮収縮のない間に確認できる安定した心拍数のことを基礎心拍数といい、正常値は１１０～１６０bpmとされ１６０bpm以上になると頻脈と判断される。110bpm以下の場合は徐脈と判断される。胎児に危険が及んでいるかもしれないサイン。
大腿部腫脹	だいたいぶしゅちょう	視診により太もも（大腿部）が腫れて張っている状態を指し、大腿部にひどい内出血や骨折が疑われる。
大動脈遮断カテ	だいどうみゃくしゃだんかて	大動脈遮断バルーンと同義語。輸液・輸血療法に反応せず心停止が差し迫った出血性ショック、殊に外傷性ショック時に、冠血流・脳血流を維持するために緊急避難的に大腿動脈から下行大動脈にバルーンカテーテルを挿入し腹腔動脈分枝部より中枢側で大動脈をバルーンで血流遮断する方法をいう。
大動脈遮断バルーン	だいどうみゃくしゃだんばるーん	大動脈内に留置するカテーテルの一種。先端が風船（バルーン）状となっており、血管内部で膨らませることによって大動脈遮断が行える。緊急的に血流遮断しながら、処置・手術する目的で用いられる。

大動脈ステントグラフト留置術	だいどうみゃくすてんとぐらふとりゅうちじゅつ	血管造影検査を応用して、大動脈の内側から内張りできるような筒状のパイプ（人工血管）を用いて、裂けた血管や破裂した血管を修復できる手術的治療法（血管内治療法という）。開胸手術あるいは開腹手術といった大がかりな手術操作を必要としないこの血管内治療法は、患者にとって負担が少なく、かつ素早く根本的治療が行える利点がある。多くの場合、太もも付け根の太い動脈（大腿動脈）からカテーテルを用いて人工血管を大動脈内に留置することが多い。
大動脈造影／DSA装置	だいどうみゃくぞうえい／でぃーえすえーそうち	血管造影検査とは、カテーテルという細い管を動脈や静脈などの血管に挿入し、X線撮影で影として映る造影剤という薬を用いて、血管の形状や血流の状態を映し出す検査法のこと。術者は、X線透視装置を目的となる部位に構えて、透視下にカテーテルを目的部位となる血管まで進め、造影剤を注入しながらX線撮影し、血管と血流の状態をモニター画面で観察する。この場面の大動脈造影では、大動脈の裂けた場所や破裂の有無を調べるために実施される。Digital Subtraction Angiography（DSA）装置とは、デジタル技術で背景画像を差し引く（subtraction）ことにより、造影剤によって映し出された血管画像だけを、より鮮明に抽出できる血管造影装置のこと。
胎盤後血腫	たいばんこうけっしゅ	妊娠後半期に、正常位置に付着している胎盤が、妊娠中または分娩中に胎児の娩出に先立って剝離してしまうこと。脱落膜基底部に出血が起こり、血腫を形成する。その血腫が増大し、胎盤剝離が進行すると剝離部に血液が貯留し凝固する（胎盤後血腫）。胎盤後血腫の増大により、胎児の生命を維持する胎盤機能が障害される。
大網充塡	たいもうじゅうてん	大網とは、胃の下側から下方へエプロンのように腸の前に垂れ下がった腹膜・脂肪組織のこと。傷口をふさぐように大網を損傷組織に詰め込んで縫い込む（＝充塡する）ことによって、圧迫止血や組織修復する手術手技。汚染された創部を封じ込めることもできるため縦隔炎や胸骨骨髄炎、人工血管感染などにもしばしば行われる。
大量血胸	たいりょうけっきょう	血胸とは、肺と胸壁との間に血液が溜まること。大量血胸は致命的外傷の一つ。
大量輸血プロトコル	たいりょうゆけつぷろとこる	出血死寸前となっている重症患者に対して、事前に取り決めた血漿・赤血球比で先制的に急速輸血する治療のこと。
脱転	だってん	臓器や塊となった組織を丸ごとひっくり返すような手術操作のこと。背側の手術操作や術野の展開など、必要に応じて行われる。「脾臓外側を剝離して脱転する」とは、膵尾脾の裏側にある太い血管を確保・遮断する手術操作の手始めとして、まず脾臓の外側を周囲組織から電気メスで切離してから、（膵尾脾を）裏返しますという意味。

チアノーゼ	ちあのーぜ	血液中の酸素が不足し皮膚・粘膜が青紫色に変化してしまうこと。
長剪刀	ちょうせんとう	外科手術で使用される長いハサミ。この場面では、肺を固定する肺靭帯を切離するために用いられる。
DC (Direct Current Shock)	でぃーしー	除細動器のこと。直流通電（Direct Current）の名残りで医療現場では除細動器をDCと呼ぶ。AEDと機能は同じだが、心電図を見て電気ショック（医学的には除細動）が必要か、どれくらいの強さを加えるか「医師」が判断して使用するため、医療現場にのみ設置されている。
テンポラリーパッキング	てんぽらりーぱっきんぐ	外傷の開腹手術で、開腹直後に出血を吸引しながら腹部のいくつかの決められた場所に仮でガーゼを詰め込む一連の手技のこと。開腹直後の数分間でテンポラリーパッキングにより応急的に圧迫止血を行い、その後で圧迫ガーゼを1か所ずつ取り除きながら、出血箇所を詳細に評価して行うべき手術内容を決める。
電メス	でんめす	電気メスの略。電気メスは電気を使ってメスのように組織を切ることができる装置。電気を流したときに発生する熱を利用することで止血しながら切っていくことができるため、金属のメスに比べて出血が少なく、外科手術に必要不可欠な機器として使用される。凝固と切開のモードを使い分けることができ、それぞれの出力を設定して（20－20など）用いられる。
瞳孔不同	どうこうふどう	瞳孔の大きさが不均等になること。意識がなく、瞳孔の大きさが突然不均等になった場合、脳ヘルニアという致命的な病態（短時間のうちに呼吸停止あるいは心停止する）となっていることを示すサイン。
橈骨動脈	とうこつどうみゃく	肘から手関節部にかけて走行する動脈。一般的に手首を触って脈拍を測る際に触れる動脈のこと。
トラウマインシージョン	とらうまいんしーじょん	外傷切開（Trauma Incision）。重度外傷患者の開腹手術では、みぞおちから下腹部の恥骨まで一気に大きく切開する開腹方法を採ることから、このように呼ばれる。
トリアージ	とりあーじ	医療資源（医療スタッフや医薬品等）が制約される中で、一人でも多くの傷病者に対して最善の治療を行うため、傷病者の緊急度に応じて、搬送や治療の優先順位を決めること。重症度に応じて4色（赤・黄・緑・黒）の色分けがされている。赤色が最も重症で生命に関わる重篤な状態で、一刻も早い治療が必要な状態。黄色は早期の治療は必要だが、数時間以上の時間的猶予がある状態。緑色は軽症。黒色はすでに死亡している、もしくは救命が困難な状態。黒色への処置はしない。

な		
ニードル	にーどる	血管を穿刺（せんし=刺す）するための針のこと。
乳酸リンゲル	にゅうさんりんげる	血液の成分や組成に似せて作られた点滴製剤のこと。各種の侵襲時やショック時に、まず血液成分を補う目的で点滴され、循環血液量を増やしてショックの悪化を防止する。
熱傷パッド	ねっしょうぱっど	熱傷創部の被覆および保護剤の一つ。熱傷部位からの大量の滲出液を吸収できるように幅広の層状ガーゼパッドを併せ持つ。
は		
バイタル	ばいたる	バイタルサインのこと。「意識」「呼吸」「脈拍」「血圧」「体温」などの人間が生きていることを示す指標のこと。
バスキャス	ばすきゃす	正式名称はバスキャスカテーテル。血液透析、血液濾過、血液透析濾過などの実施を目的に血管内に留置して大量の脱血・送血を行うために使用される。かなり太い管であるため、適応外だが外傷診断での大量輸血目的に用いられることもある。
バッグバルブマスク	ばっぐばるぶますく	呼吸停止または重症の呼吸不全の患者に用いられる人工呼吸用のマスクの一つ。アメフトのボール大のバッグがマスクの上部に付いており、左手でマスクを顔面に密着させて右手でバッグを握ることにより患者に空気を送り込むことができる。
パルスチェック	ぱるすちぇっく	心肺蘇生法を行う際、2分おきに心調律と頸動脈の脈拍を確認すること。
パワーデバイス	ぱわーでばいす	外科手術で組織切開と止血が両立できる最新の医療器具の総称で、高周波、超音波、マイクロ波などのエネルギー源を利用することからパワーデバイスとも呼ばれる（具体的には、ハーモニック、リガシュアなど）。直接的に手で細かい手術操作ができないような鏡視下手術では必須の道具となるが、速くて便利なため最近は開放手術（開胸・開腹手術など）でも用いられている。
PEA (Pulseless Electrical Activity)	ぴーいーえー	日本語では「無脈性電気活動」。3種類ある心停止状態（心室細動、心静止、無脈性電気活動）の一つ。心電図モニター上はなんらかの波形を認めるが、有効な心拍動がなく、頸動脈に脈拍を触知できない状態（=心停止）。
PCC	ぴーしーしー	濃縮プロトロンビン製剤。ワルファリンという抗凝固薬投与中の患者において、急性重篤出血時、又は重大な出血が予想される緊急を要する手術・処置の施行時の出血傾向を回復させる特効薬的な製剤。

ヒーラーツイスト	ひーらーついすと	肺を根本で180度回転させることにより、肺に流入する血流を遮断して、肺からの出血を姑息的に減少させる方法。
脾動静脈	ひどうじょうみゃく	脾臓に入る太い動脈（脾動脈）と脾臓から出る太い静脈（脾静脈）のこと。脾動脈と脾静脈は、隣接した状態で膵臓尾部の上縁背側を走行し、脾臓とつながっている。
ファスト	ふぁすと	Focused Assessment with Sonography for Trauma（FAST）。外傷診察での迅速簡易超音波検査のことで、計1－2分で行われるため英語のfast（速い）にちなんで命名されている。外傷患者の体内に出血があった場合に、エコーで検出しやすい場所（胸腹部と心嚢内など）に絞って超音波検査を行い、出血の有無や増加速度を判断する。
VAエクモ	ぶいえーえくも	エクモ（Extra-Corporeal Membrane Oxygenation: ECMO）とは、人工肺とポンプの体外循環回路による治療のこと。VAエクモは、Vが静脈系、Aが動脈系のことで、静脈系から脱血して動脈系に戻す人工心肺治療を指す。心臓と肺の両方の機能を肩代わりできる機械であるため、一部の心停止状態にも有効。一方、静脈系（下大静脈）から脱血して、酸素化された血液を静脈系（上大静脈）に戻すことにより、肺機能のみを補助するのはVVエクモと呼ばれ、新型コロナ患者の重症呼吸不全などに用いられる。
VF（Ventricular Fibrillation）	ぶいえふ	心室細動の意味。3種類ある心停止状態（心室細動、心静止、無脈性電気活動）の一つ。心室細動は、多数の無秩序な電気刺激によって心室（心臓の下側にある2つの部屋）が協調を失い、非常に速くふるえる結果、有効な収縮がみられなくなるために心臓が停止した状態となる致死的不整脈。電気ショック（医学的には除細動）が有効だが、無治療の場合はそのまま死亡する。
Vシース	ぶいしーす	Vは静脈（veno）、シース（sheath）は鞘の意味。体表から静脈内に挿入する筒状の血管内留置器具のこと。筒から、点滴注射・薬剤投与だけでなく、他の医療用カテーテルの挿入・入替もすぐに行える。
腹部外傷で重症ショック	ふくぶがいしょうでじゅうしょうしょっく	腹部外傷とは、外的要因で腹部に負うケガの総称。腹部にはさまざまな臓器がおさまっているが、腹部に大きな衝撃が加わったり切り傷を負ったりすると、腹部臓器に大きな損傷が生じることがある。重症ショックとは、腹部外傷による出血が多すぎて、全身の血のめぐりが悪くなり（＝ショック状態）、命の危険に晒されている切迫した状態のこと。

ベリプラスト	べりぷらすと	血液中の凝固因子が枯渇して手術中に血が止まらなくなってしまう最悪の生命危機に陥ったときなどに、術野に直接噴霧して用いるタイプの凝固因子製剤の一つ。「神様」「仏様」にすがるような気持ちで、最後の頼みの綱として用いられることが多い。
ポケットマスク	ぽけっとますく	携帯型の簡易蘇生器具の一つ。小型マスクの上部に、一方向弁付きの吹き込み口がついているもの。患者の顔面に本マスクを密着させ、吹き込み口から息を吹き込むことにより、汚染や感染を回避しながら人工呼吸できる。
ポンピング	ぽんぴんぐ	通常、輸液は重力（体と輸液バッグの高低差）を利用して自然滴下で体内に液を送り込まれる。ポンピングは、大量出血などで通常の最大輸液スピードではとても足りない場合に、輸液や輸血を、手の力で大きめの注射器に吸い取って体内への強制注入を繰り返す（＝ポンプ+ing）ことで、急速大量注入を実施する医療行為。
ま		
モニターフラット	もにたーふらっと	心電図モニターがフラットラインになること。心臓が全く動かない心静止の状態。心停止状態の中でも予後絶対不良のサイン。
や		
用手圧迫止血	ようしゅあっぱくしけつ	手やガーゼなどを使って、出血部位を直接圧迫する方法。肝損傷に対する用手圧迫止血には、直接圧迫だけでなく、肝臓の傷口をふさぐように肝臓を左右から手で大きく圧迫する操作も含まれる。
羊水吸引	ようすいきゅういん	胎児が誤って飲み込んでしまった羊水を肺や気道から吸引管を使って取り除くこと。
ら		
ラリマ	らりま	ラリンジアルマスクの略。気管挿管とフェイスマスクの中間的な気道確保器具。気道を食道から分離しないため、操作が簡単であり、咽頭喉頭を損傷することが少ない。
リザーバー	りざーばー	酸素を貯留させておくリザーバーバッグがついている酸素マスクのこと。高濃度の酸素投与が可能。
わ		
ワルファリン	わるふぁりん	抗凝固薬（血液をサラサラにする薬）の一つ。ビタミンKの働きを抑えて血液を固まりにくくし、血栓ができるのを防ぐ薬剤。通常、静脈血栓症、心筋梗塞症、肺塞栓症、脳塞栓症、脳血栓症などの治療や予防に用いられる。医療現場では通常「ワーファリン」と発音される。

CAST

喜多見《きたみ》幸太《こうた》………………………… 鈴木亮平

音羽《おとわ》尚《なお》………………………… 賀来賢人

弦巻《つるまき》比奈《ひな》………………………… 中条あやみ

千住《せんじゅ》幹生《みきお》………………………… 要 潤

冬木《ふゆき》治朗《じろう》………………………… 小手伸也

徳丸《とくまる》元一《もといち》………………………… 佐野勇斗

潮見《しおみ》知広《ともひろ》………………………… ジェシー（SixTONES）

ホアン・ラン・ミン………………… フォンチー

蔵前《くらまえ》夏梅《なつめ》………………………… 菜々緒

鴨居《かもい》友《ゆう》………………………… 杏

両国《りょうごく》隆文《たかふみ》………………………… 徳重 聡

元町《もとまち》馨《かおる》………………………… 古川雄大

白金《しろかね》眞理子《まりこ》………………………… 渡辺真起子

駒場《こまば》卓《すぐる》………………………… 橋本さとし

久我山《くがやま》秋晴《しゅうせい》………………………… 鶴見辰吾

高輪《たかなわ》千晶《ちあき》………………………… 仲 里依紗

赤塚《あかつか》梓《あずさ》………………………… 石田ゆり子

STAFF

脚本…………………黒岩 勉
音楽…………………羽岡 佳
斎木達彦
櫻井美希
企画プロデュース…高橋正尚
プロデュース……八木亜未
辻本珠子
監督…………………松木 彩

製作著作…………劇場版『TOKYO MER』製作委員会

監修・指導協力

医療監修…………関根和彦
（東京都済生会中央病院 救命救急センター）
浅利 靖
（北里大学病院 救命救急・災害医療センター）
増田智成
（北里大学病院 救命救急・災害医療センター）
医事指導…………北里大学病院 救命救急・
災害医療センター
東京都済生会中央病院
救命救急センター
看護指導…………堀エリカ
レスキュー指導…幾田雅明
消防特別協力……東京消防庁　横浜市消防局

BOOK STAFF
出版コーディネート　TBSテレビメディアビジネス部
映画・アニメ事業部　中山智絵

宝島社
文庫

劇場版　TOKYO MER
走る緊急救命室
（げきじょうばん　とーきょーえむいーあーる　はしるきんきゅうきゅうめいしつ）

2023年4月6日　第1刷発行

脚　本　黒岩 勉
ノベライズ　百瀬しのぶ
発行人　蓮見清一
発行所　株式会社 宝島社
〒102-8388　東京都千代田区一番町25番地
電話:営業 03(3234)4621／編集 03(3239)0599
https://tkj.jp
印刷・製本　株式会社広済堂ネクスト

Printed in Japan
ISBN 978-4-299-04024-4